日本語の達人になろう！

我的進階日文專題寫作課

淡江大學日文系教授

曾秋桂博士、落合由治博士 著

一卷在手，報告、論文迎刃而解

　　繼去年2010年9月秋桂老師與落合老師合著出版了《我的第一堂日文專題寫作課》一書之後，在忙碌的教學與研究之餘，於今年9月又推出了續篇《我的進階日文專題寫作課》。此書是針對大學四年級的《研究方法論》、以及研究所的《論文指導》所設計出的主題，總共13課，其內容包括認識專題報告或學術論文的組織架構、編排目次、專題報告或學術論文特質、「序論」的寫法、「本論」的寫法、日文表達方式、提升論文成品質感的技巧（如何嵌入非文字之影像、圖表資料）、如何彙整龐雜資料、推論方式、意見表達、「結論」的寫法、及整體論文的校對重點等十三篇。

　　此書是兩位老師集結十多年指導學生的經驗彙集而成的珍貴內容，對於即將踏入研究所的大學生或是研究所準備寫畢業論文的研究生，都是不可或缺的葵花寶典。尤其是在如何彙整龐雜資料、如何推論、如何表達自己的意見、如何引用他人的意見，以及如何寫結論等等，這些讓大部分的學習者都相當困擾的主題，有了本書之後，便知道如何正確地引用才不會成為文抄公，還會知道如何經過推論才能寫下不可或缺的結論。也就是說，對寫研究報告或論文的學習者，能達到如虎添翼的效果。不但如此，對於擔任相關研究指導的指導者而言，本書也提供極佳的範本可供參考。基於以上的理由，筆者誠摯地推薦《我的進階日文專題寫作課》一書。

東吳大學　副教授

林雪星

2011年7月
於外雙溪研究室

寶典再現！

　　繼2010年9月《我的第一堂日文專題寫作課》一書出版之後，短短不到一年，摯友秋桂老師與落合老師不遺餘力完成這第二本《我的進階日文專題寫作課》，多年來累積的研究與教學能量再次展現，令人佩服又感動！

　　第一本書出版後，秋桂老師與落合老師和筆者分享他們的教學經驗，原本上課即使一而再、再而三苦口婆心地叮囑，仍會百般出錯的問題，現在只要課堂上教過一次，學生們課後就能對照查閱，在求證的過程中不僅加深印象，更促進融會貫通的理解。由於內容循序漸進、深入淺出，加上主題清楚、重點明晰，且結合範例與實作，不論初學或是中高級程度的學生，其日文寫作能力都明顯獲得提升。

　　學生能力的進步，對老師而言，無疑是最大的肯定。兩位老師因此更加認真思索如何讓學生們突破限制、邁向專精，第二本日文專題寫作的「聖經」就此問世。如同書名之標示，從「第一堂課」到「進階」，內容與範圍的深廣度都到達另一個更高的階段，兩位老師對學生的砥礪、琢磨、拳拳愛護之心，躍然於字裡行間。

　　這本《我的進階日文專題寫作課》，與其說是一般的日文專題寫作，其實更貼近學術論文的殿堂。究竟學術論文與記敘文、抒情文或感想文的異同處何在？序論如何著手？資料如何整理？本論如何撰寫？如何提升論文的質感？更重要的是，到底該如何運用邏輯式的思維方式？在本書的13堂課程中，層層堆砌出學術論文的理性與美學，對茫然不知如何為文的莘莘學子們而言，不啻為無涯學海中的指引明燈。

　　為學首重積漸之功，所謂「鍥而舍之，朽木不折；鍥而不舍，金石可鏤」，若能熟讀秋桂老師與落合老師的這兩本書，讀者們必然獲益匪淺。筆者甚至深切期待兩位老師的第三本、第四本、乃至於一整套的系列專題寫作書！

中央研究院　民族學研究所　研究員

周玉慧

謹識於2011年7月

世の中に　たえて桜の　なかりせば
春の心は　のどけからまし

　　本書名為《我的進階日文專題寫作課》，是2010年出版的《我的第一堂日文專題寫作課》的姊妹作。兩本書為本人教授「畢業專題寫作與指導」（一學年）的教科書。《我的第一堂日文專題寫作課》傳達日文基本寫作的概念，而本書的重點則擺放在說明如何聚沙成塔，將撰寫專題報告或學術論文的前置作業堆砌完成，以一本完整的論文方式呈現。

　　話說「畢業專題寫作與指導」，該科目是本人服務的淡江大學日文系大四必修一學分的課程。該科目顧名思義，學生要提交論文才能畢業（現在系上考慮學生出路，在此前提下，增加其他選項讓學生自由選擇，完成作品代替論文繳交亦可）。新學期開始的9月，總是看到學生個個面帶愁容，懷著不願、惶恐不安的心情，戰戰兢兢地來上課。他們無奈的心情，不言而喻。為了配合我在「日本文學史」課堂上解說的「世の中に　たえて桜の　なかりせば　春の心は　のどけからまし」（世間如果沒有櫻花的話，人們就不用朝朝暮暮掛念櫻花了）這一句道盡平安朝的日本人愛櫻成痴心情的和歌代表作，我建議大四學生們將「世の中に」、「桜」、「春の心」替換成「大四課程中」、「畢業專題」、「大四生活」，結果他們都哈哈大笑了。事實的確如此，如果大四課程當中沒有這科令人須朝朝暮暮、心驚膽顫的「畢業專題寫作與指導」，大四學生這一年能過得多麼逍遙自在啊！這是淡江日文系大四學生的共同痛苦經驗，卻也是美好的回憶。

　　時光荏苒，不到一年的時光，也就是隔年5月畢業考之前完成作品的瞬間，學生們臉上的表情突然變得燦爛奪目、自信滿滿，各個都拿著成品前來研究室送給我當作紀念。筆者從學生們喜悅的表情中，看到他們身心靈的成長。就心靈層面而言，他們從畏懼困難而至克服困難，發揮連自己都不敢相信的潛能；就技術專業知識的訓練層面而言，他們從一味接受，不會思考、批判，變得敢問為什麼、敢勇於表達自己的意見，也知道要客觀一些，才會獲得迴響。他們的成長，看在作師長的本人眼裡，實在倍感榮耀與成就。這樣的過程，讓本人更堅信要在這一條「傳道、授業、解惑」教學相長的路上，燃燒自己剩餘的價值，並期盼歷經嚴格訓練後的他們，離開學校出了社會，在面對未來人生風風雨雨的考驗，都能不畏艱難、樂觀進取、愛惜自己、孝順父母、服務人群，成為國家、社會有用的人才、棟樑。

這本書是在當學生們無助、徬徨時，滿心歡喜將胳臂讓他們依靠的心情之下誕生的。感謝恩人雪星學姊、摯友玉慧，百忙之中義無反顧地幫忙寫序。也感激愛徒們願意提供作品，當作學習範例公諸於世。希望也能對立志用日文撰寫報告或學術論文，卻不知所措、無助的讀者們，提供實際的幫助。

　　本書誕生的背後，還有由愿琦學妹領軍、訓練有素的瑞蘭國際出版團隊菁英們。這些大功臣們包括曾經是我的愛徒而今已經成為獨當一面的編輯專才的仲芸、堅持嚴格品管的日本精神絕佳代言人TOMOKO，她們都克盡職責，不厭其煩多次閱讀我所寫出的艱澀難懂的稿子，當我的最忠實讀者。同時，也不吝給予非常中肯的意見，隨時與我保持良性的溝通。有她們專業的技術、嚴格的校稿、優質品管的輔助，才會有這本書籍的問世。在此謹致上深深的謝意。

淡江大學日文系教授

曾秋桂

2011年8月8日
謹識於淡水小鎮

危機は最大のチャンスになりえる。

　前回の研究計画に続いて今回、卒業論文本文を扱う教科書を出すことができました。思えば、日本の停滞期と衰退期、台湾の発展期と停滞期である90年代から現在まで、台日交流の現場である台湾の日本語教育の現場に立てたことは、なにより幸運なことでした。特に今年の311東北関東大震災で、台湾のみなさんが日本に対して示してくださったご芳情は、なによりありがたい台湾のみなさんの人間性の発露でした。そうした中、両国の物質的発展や経済の栄枯盛衰はこの20年余りを見ても波が非常に大きく、そうした中で何を本当に大事にすべきかが、次第に見えてきた気がします。

　ひとことで言えば、それは物質や組織より人材ということでしょうか。

　国を発展させ、一般市民に希望を与えるのは、物的条件か人的条件か、そんな二者択一を考えたとき、答えはどうなるでしょうか。私の答えは、人的条件がすべてということです。身近な例として日本の明治維新を考えてみましょう。なぜ強力な欧米列強がアジアの利権をめぐってひしめく中、停滞した江戸国家から近代の明治国家に日本人は脱皮できたのか。ふり返ってみると、当時の物的条件は最悪の状態にあり、軍備も経済制度も政治制度も、欧米との競争で勝てる物を当時の日本人は何も持っていませんでした。しかし、そうした中で確かに持っていたものがあります。それは、江戸時代におこなわれた教育整備による識字率の高さと蘭学などを通じた新しい知識の摂取など、近代化の基礎になる人的条件の充実です。幕末から明治初期に坂本龍馬の土佐や薩長藩閥の革命が前進することができたのは、そうした革命を擔える福澤諭吉のような海外の知識を自分で摂取できる中間層の知識人が、豊富に存在したためです。明治時代の日本の発展は、新しい社会に現場で貢献できる人材が全国に育っていたためだという見方ができるでしょう。逆に、物質や組織がいくらあっても相応しい人材がいなければ悲劇を招くという結果は、歴史上にいくらでもその例をあげることができます。311東北関東大震災をめぐる日本の動きは、それを象徴しています。

人材が育つ様は自他共に目に見えにくいものです。全ては時間と地道な努力の積み重ねに頼るほか確実な方法はありません。しかし、みなさんの今日の苦労はきっと明日の希望に繋がります。この本で学ぶ皆さんが、そうした台湾と日本の架け橋になれるスキルを身につけ、21世紀の困難を乗り越えて下さるように願ってやみません。

淡江大学日本語文学科教授

落合由治

2011年8月
淡水にて

如何使用本書

Step 1
透過「課程主題」與「學習重點」，了解學習方向！

課程主題

要讓一份專題報告或學術論文從無到有，跟著課程主題逐課學習，必能學會所有撰寫時必備的基本知識與技巧！

學習重點說明

透過條列式的說明，可一目瞭然，迅速掌握該課所有學習重點！

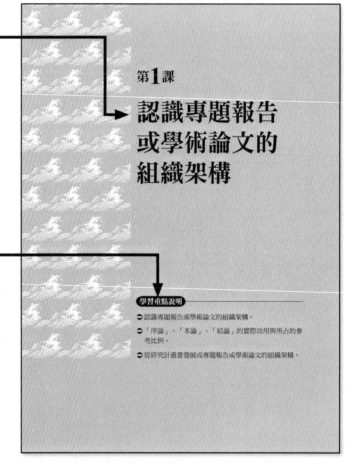

第**1**課

認識專題報告或學術論文的組織架構

學習重點說明

⊃ 認識專題報告或學術論文的組織架構。
⊃ 「序論」、「本論」、「結論」的實際功用與所占的參考比例。
⊃ 從研究計畫書發展成專題報告或學術論文的組織架構。

Step 2
透過「說明」與「用例」，進一步深入學習！

前文、內文說明

　　詳細的說明，就好像指導教授站在您身旁講解一樣。不清楚、不明白的地方，只要隨時翻閱，即可獲得最完整、最清楚的解答，不只上課，在家自修也能完全的學習！

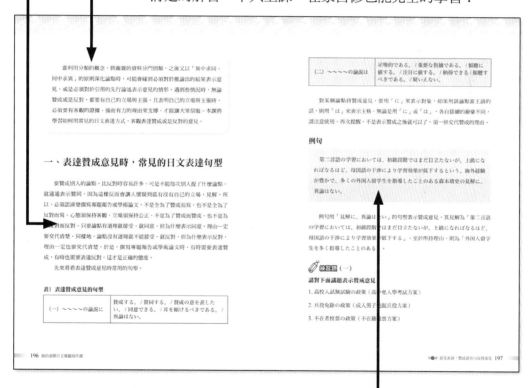

範例、例句、用例

　　凡是內文中所舉出的例子，皆用灰底黑字表示，與內文清楚區隔開來，好查詢、好學習。此外，範例皆具學習價值，例如第12課中所列舉出的「結論」基本版與進階版寫作模式與範例，參考價值高！找範例，不用再上圖書館！

Step *3*
透過「練習題」，驗收學習成果！

練習題、解答

　　學習完內容，試作一下練習題，測試自己吸收內容的程度吧！如果還是不懂，別擔心，書末附有解答，讓您就算在家也可以隨時測驗自我實力！只要多練習，寫作論文更得心應手！

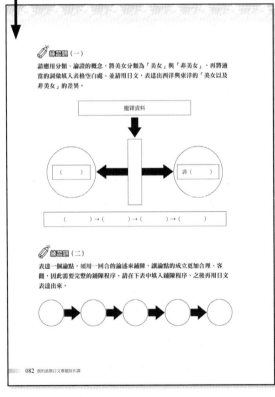

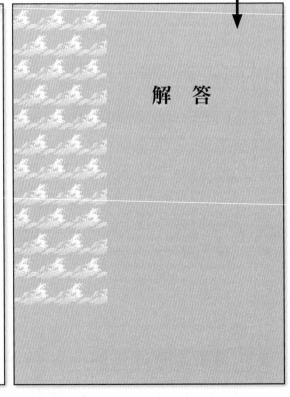

Step 4
透過「進度檢核表」與「句型寶典」，時時溫故知新！

各階段進度檢核表

「初期、中期、後期進度檢核表」讓您在各個階段皆能確認自己的學習成果與完成進度，是您在撰寫專題報告或學術論文時的最佳幫手！

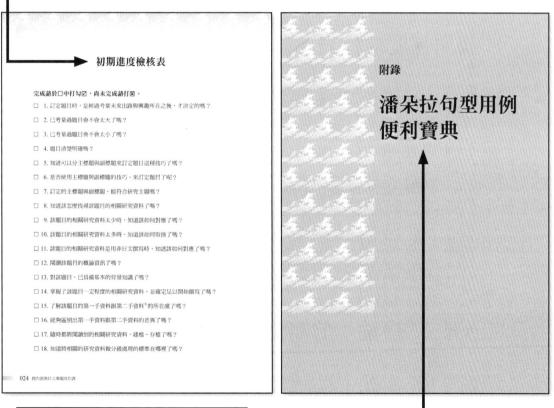

初期進度檢核表

完成請於□中打勾☑，尚未完成請打囗。

- □ 1. 訂定題目時，是經過考量未來出路與興趣所在之後，才決定的嗎？
- □ 2. 已考量過題目會不會太大了嗎？
- □ 3. 已考量過題目會不會太小了嗎？
- □ 4. 題目清楚明確嗎？
- □ 5. 知道可以分主標題與副標題來訂定題目這種技巧了嗎？
- □ 6. 是否使用主標題與副標題的技巧，來訂定題目了呢？
- □ 7. 訂定的主標題與副標題，能符合研究主題嗎？
- □ 8. 知道該怎麼找尋該題目的相關研究資料了嗎？
- □ 9. 該題目的相關研究資料太少時，知道該如何對應了嗎？
- □ 10. 該題目的相關研究資料太多時，知道該如何取捨了嗎？
- □ 11. 該題目的相關研究資料是用非日文撰寫時，知道該如何對應了嗎？
- □ 12. 閱讀該題目的概論資訊了嗎？
- □ 13. 對該題目，已具備基本的背景知識了嗎？
- □ 14. 掌握了該題目一定程度的相關研究資料，並確定足以開始撰寫了嗎？
- □ 15. 了解該題目的第一手資料跟第二手資料[※]的所在處了嗎？
- □ 16. 能夠區別出第一手資料跟第二手資料的差異了嗎？
- □ 17. 隨時都將閱讀到的相關研究資料，建檔、存檔了嗎？
- □ 18. 知道將相關的研究資料做分級處理的標準在哪裡了嗎？

024 我的進階日文專題寫作課

附錄
潘朵拉句型用例便利寶典

潘朵拉句型用例便利寶典

「潘朵拉句型用例便利寶典」蒐集各課學習過的日文常見句型，讓您不僅查閱方便，遇到各種書寫情況時，更方便使用！

目　次

第1課

認識專題報告或學術論文的組織架構

學習重點說明

➥ 認識專題報告或學術論文的組織架構。

➥ 「序論」、「本論」、「結論」的實際功用與所占的參考比例。

➥ 從研究計畫書發展成專題報告或學術論文的組織架構。

凡事起頭難，實際要動筆撰寫專題報告或學術論文時，心中不免倍感困難、惶恐、痛苦。不用緊張，凡事總有第一次，放鬆心情以對，才會事半功倍。

　　航海需要羅盤針，而動筆撰寫專題報告或學術論文時，則需要有個像羅盤針的目次來指引，規劃未來整體的撰寫方向。於是先編排專題報告或學術論文的目次，就是成功的第一步。但進入編排專題報告或學術論文目次單元之前，還必須先認識專題報告或學術論文的組織架構。

　　本課的重點，在於認識專題報告或學術論文的組織架構的重要性。

一、認識專題報告或學術論文的組織架構

　　一本專題報告或學術論文的架構，基本上是由「序論」、「本論」、「結論」三部分組織而成。此時又回到本書的姊妹作：曾秋桂、落合由治著《我的第一堂日文專題寫作課》（2010年瑞蘭國際有限公司出版）中常常提醒的口訣「有頭、有身體、有腳，才能成為人形」這句話。「序論」相當於「頭部」，「本論」相當於「身體」，「結論」相當於「腳部」，切記三者到位，才能組合成完整的「人形」。如果以一場戲劇或連續劇來比喻的話，「序論」相當於「開場白」，「本論」相當於「重頭戲」，「結論」相當於「結尾」，三者缺一不可，才能組合成完美的「演出」。當然有些人不使用「序論」、「本論」、「結論」的說法，而使用「序章」、「本章」、「結章」，那也是可以的。不過建議使用「序論」、「本論」、「結論」，較能廣泛地被大眾接受。

　　而寫作的順序，初學者最好可以依「序論」、「本論」、「結論」三階段來動筆，比較不會錯亂。但漸漸累積撰寫經驗之後，當然也可以先寫完「本論」、「結論」之後，再回頭寫「序論」。這跟包餃子的道理一樣，初學者先依序跟師

傅學習「桿皮」、「作餡」、「包餃子」，循序漸進才不會步驟錯亂。而累積經驗之後，就不一定要依循先「桿皮」、再「作餡」、最後「包餃子」的順序，這時即使調換順序，也能做出好吃的餃子。這就是為什麼有些教授認為不一定要按照「序論」、「本論」、「結論」的順序來撰寫論文的原因。不過我個人還是主張，如果是初學者的話，仍然先按照「序論」、「本論」、「結論」的順序來撰寫，等需要修改、調整時，再回頭重新修改最為妥當。

二、「序論」、「本論」、「結論」的實際功用與所占的參考比例

專題報告或學術論文的組織架構「序論」、「本論」、「結論」三部分，其實際功用與占整本專題報告或學術論文的參考比例，如下表所示：

表1　論文的組織架構之實際功用暨所占比例

專題報告或學術論文組織架構	實際功用	占整本專題報告或學術論文的參考比例
（一）序論	說明本專題報告或學術論文創作的理由（動機）。相當於開場白。	5%
（二）本論	說明本專題報告或學術論文實際考察的內容。相當於重頭戲。	85%
（三）結論	說明本專題報告或學術論文實際考察後所得到的成果，並切記內容須與序論所提的研究動機吻合。相當於結尾。	10%

以下依序說明此三部分之實際功用，與占整本專題報告或學術論文的參考比例。

「序論」的主要功用，是說明為什麼要以此題目來撰寫專題報告或學術論文的理由，並回顧先行研究，來說明有其研究之必要性。同時要交代以什麼研究方法（或是文獻分析、或是問卷方式、或是田野調查的方式等，可以擇一或混搭多種研究方法）來進行考察、分析。提到此，有撰寫過研究計畫書經驗的人，不難想到研究計畫書上的「研究動機」、「先行研究」、「研究方法與研究內容」等三項。沒錯！就是將「研究動機」、「先行研究」、「研究方法與研究內容」等三要項，放在「序論」處即可。

「本論」的功用，則是依循考察步驟，原汁原味地重現考察出的具體內容。因為內容很多，所以必須訂定章節，區隔出層次。

　　而「結論」的功用，則是彙整考察出的具體內容的結果。建議提及考察結果的研究價值性，以及繼此研究之後，又將有什麼樣的未來發展性（方向）。易言之，除了彙整考察成果之外，加入研究計畫書上的第四項「研究價值與今後課題」最為理想。

　　有關「序論」、「本論」、「結論」，各自占整本專題報告或學術論文的參考比例，建議以5％、85％、10％的比例來規劃其比重。當然這比例並非絕對，只是有個基準依循，總是比較好拿捏、斟酌。依筆者個人多年指導學生撰寫專題報告或學術論文的經驗，學生往往一開始卯起勁來衝刺，光「序論」就寫了5000至6000個字。之後內容慢慢萎縮，越寫越少，甚至到了「結論」只剩下一頁，還不到1000個字，如此頭重腳輕的比例是非常不好的。之所以如此，原因在於不能掌握時間，到了繳交期限之前，才發覺時間不夠用而草草結束。這麼一來，就枉費前面一路的辛苦努力。奉勸各位還是以在期限內完成專題報告或學術論文為目標，在此目標之下，衡量自己的時間、實力，妥善規劃進度，才是明智之舉。

三、從研究計畫書發展成專題報告或學術論文的組織架構

　　一般而言，在舉辦活動之前，公司或主管單位都會要求主辦單位提交一份活動企劃書送來審議，撰寫專題報告或學術論文也是相同。撰寫專題報告或碩、博士論文，甚至考研究所之前，一般都會被要求繳交一份研究計畫書以供審查。所以照正常程序而言，到了實際要撰寫專題報告或學術論文的階段，照理說，應該已經規劃出一份研究計畫書了。如果沒有撰寫過研究計畫書者，則建議先閱讀本書的姊妹作，了解撰寫專題報告或學術論文的意義與注意事項，並學習如何撰寫一份研究計畫書。

　　在學界裡，沒有研究計畫書的標準規格。基本上只要研究計畫書能呈現出「研究動機」、「先行研究」、「研究方法與研究內容」、「研究價值與今後課題」等四要項，即可以普遍地被接受。

　　接下來想談論，如何從研究計畫書發展成專題報告或學術論文的組織架構。

表2　從研究計畫書發展成專題報告或學術論文的組織架構

專題報告或學術論文的組織架構	研究計畫書	注意事項
（一）序論	「研究動機」、「先行研究」、「研究方法與研究內容」。	1. 使用的文本。 2. 改寫使用的文本上的舊字體成為新字體的情形。 3. 其他注意事項。例如說明標示記號所代表的意思。
（二）本論	依循「研究方法與研究內容」處所訂定之步驟，依序訂定章節。	1. 不能少於兩章。 2. 至少三章會比較有份量。 3. 超過三章時，要衡量期限之內，自己是否來得及完成。

（三） 結論	彙整「本論」處考察的結果，加上「研究價值與今後課題」。	1. 切記須呼應「序論」處所設立的研究課題，來彙整「本論」處考察的結果。 2. 加上「研究價值與今後課題」，強調研究價值以及今後的展望，藉以提升外界評價。

分別說明如下：

（一）序論

　　「序論」處須交代撰寫該專題報告或學術論文的動機，以及回顧該領域研究的動向，並確定研究方法和內容。此時只要將研究計畫書上等同此用意而撰寫的「研究動機」、「先行研究」、「研究方法與研究內容」等三項，放入「序論」處即可。如果「序論」相當於開場白，「本論」相當於重頭戲的開演，那麼儘管「序論」只是開啟「本論」的序幕，仍然非常重要，因為它扮演著是否能讓讀者和專題報告或學術論文的撰寫者站在同一基準點上的重要關鍵。另外，「序論」處所敘述的，是不是能說服讀者贊同做此研究的必要性？是不是能讓讀者肯定撰寫者考量出的具體執行方法與步驟？是不是可以讓讀者獲得所設定的研究課題的答案？這些，都不能馬虎了事。詳實敘述該具備的重點，才能說服讀者。

　　此外，在「序論」處，還可以交代使用文本的版本或資料來源的相關問題。如果使用的文本是日文舊字體（含舊漢字、舊假名）所書寫，此時有兩個處理方式。第一個方法，為了忠於原意，專題報告或學術論文上來自文本的引用，可以原封不動地用日文的舊字體標示。第二個方法，由於現在的電腦往往打不出日文舊字體，怕一一打出日文舊字體費時費工，又擔心不能廣為現代讀者所接受，那麼可以將日文舊字體全部用日文新字體標示。像這種情形，可以用日文「テキストとしては『漱石全集』（昭和41年初版、昭和50年第二版岩波書店、全17巻）を使い、旧漢字、旧仮名遣いを当用漢字、現代仮名遣いに改めることにし

た」來說明即可。另外由於近年專題報告或學術論文的撰寫趨勢，大多改直式為橫式，於是就會出現「踊り字」（例如中文的疊字）等問題。此時不妨用日文「本文にある踊り字は、表記上、困難なため、『にやにや』のように還元することにした」來說明即可。

（二）本論

論文的重頭戲「本論」處，則須依循「研究方法與研究內容」處所羅列之步驟，具體展示考察出的結果。為了呈現具體考察結果的順序性、層次性，可以利用訂定章節的方法來達成。一般是集合複數的節次成為一章，再集合複數的章成為一本專題報告或學術論文。必要時，節次之下仍可細分項目。無論如何，須建立由小而大（項目 → 節次 → 章 → 書）的群組概念。

那麼多少數量的章節編排，才算適當呢？一本專題報告或學術論文中的「序論」與「結論」，可謂專題報告或學術論文的頭與尾。去頭去尾剩下的「本論」，如果只規劃一章，顯得太單薄而拿不出去。至少也要兩章，才有些內容可言。如果是規劃三章的話，三足鼎立，較能穩住局面。如果規劃四章的話，中規中矩、四平八穩，評價不錯。問題是在期限之內是否來得及完成？切記須以現階段的能力、有限的時間，量力而為才是上策。現階段做不到或沒辦法完成的部分，可以當作今後課題交由未來繼續完成。總之不要好高騖遠，不然容易得不償失。只要「本論」處規劃三章，加上「序論」與「結論」，總共五章左右，大概都可以上得了檯面，滿足外界的要求了。

（三）結論

最後的「結論」即是結尾，不要到了最後就鬆懈、虎頭蛇尾地草草結束。到達成功的最後一步之前，仍須謹慎以對，才可以獲得完美的成果。撰寫「結論」的技巧，為呼應「序論」處所設立的研究課題，並彙整「本論」處考察的結果。除此之外，最好加入研究計畫書中的第四項「研究價值與今後課題」，來強調該專題報告或學術論文的價值所在，藉以提升外界對該專題報告或學術論文的評價。

 練習題（一）

當遇到使用文本夏目漱石的《我是貓》（『吾輩は猫である』）作品為舊字體所書寫，想將舊字體改用新字體來標示時，要如何處理呢？

 練習題（二）

當遇到使用文本森鷗外的《半日》作品中「それぞれ」等的「踊り字」，想用橫寫方式來標示時，要如何處理呢？

初期進度檢核表

完成請於□中打勾☑，尚未完成請打☒。

□　1. 訂定題目時，是經過考量未來出路與興趣所在之後，才決定的嗎？

□　2. 已考量過題目會不會太大了嗎？

□　3. 已考量過題目會不會太小了嗎？

□　4. 題目清楚明確嗎？

□　5. 知道可以分主標題與副標題來訂定題目這種技巧了嗎？

□　6. 是否使用主標題與副標題的技巧，來訂定題目了呢？

□　7. 訂定的主標題與副標題，能符合研究主題嗎？

□　8. 知道該怎麼找尋該題目的相關研究資料了嗎？

□　9. 該題目的相關研究資料太少時，知道該如何對應了嗎？

□ 10. 該題目的相關研究資料太多時，知道該如何取捨了嗎？

□ 11. 該題目的相關研究資料是用非日文撰寫時，知道該如何對應了嗎？

□ 12. 閱讀該題目的概論資訊了嗎？

□ 13. 對該題目，已具備基本的背景知識了嗎？

□ 14. 掌握了該題目一定程度的相關研究資料，並確定足以開始撰寫了嗎？

□ 15. 了解該題目的第一手資料跟第二手資料[※]的所在處了嗎？

□ 16. 能夠區別出第一手資料跟第二手資料的差異了嗎？

□ 17. 隨時都將閱讀到的相關研究資料，建檔、存檔了嗎？

□ 18. 知道將相關的研究資料做分級處理的標準在哪裡了嗎？

□ 19. 知道有沒有需要使用引用範本了嗎？

□ 20. 知道製作參考書目一覽表的依據標準有哪些了嗎？

□ 21. 知道不要用太多的碩士論文當作參考書目了嗎？

□ 22. 知道不要使用太多的網路資料當作參考書目了嗎？

□ 23. 知道目前應盡量以紙本書籍（含期刊雜誌）、博士論文、碩士論文，作為
　　　參考書目的優先考量了嗎？

□ 24. 使用網路資料時，知道須明示瀏覽時間了嗎？

□ 25. 參考書目種類繁雜時，知道可以依語種或種類先分類了嗎？

□ 26. 知道參考書目出版年份新舊須平衡的重要性了嗎？

□ 27. 製作了一份適合目前使用的參考書目一覽表了嗎？

□ 28. 知道問題設定不要用偏重感想的敘述文來書寫嗎？

□ 29. 知道不要用口語日文來表達嗎？

□ 30. 日文寫作格式正確嗎？

□ 31. 日文標點符號有沒有用對呢？

□ 32. 日文字體、字級大小正確嗎？

□ 33. 撰寫專題報告或學術論文時，知道應該使用什麼樣的文體了嗎？

□ 34. 統一全篇的文體了嗎？

□ 35. 換頁時，知道新的一頁是從第一行空一格開始撰寫嗎？

□ 36. 是否能隨時回頭檢視自己所寫的日文，是不是通順呢？

□ 37. 能正確使用日文的基本句型嗎？

□ 38. 能正確使用日文漢字嗎？

□ 39. 隨時保持一定的進度前進了嗎？

□ 40. 已設定專題報告或學術論文的進度表了嗎？

※如果尚未達到20個要項，可要加把勁努力了喔！！

※第一手資料為作者本身的創作，例如作者的文學作品、日記、評論、書信等。
而第二手資料為他人研究作者創作的成果，例如研究論文、回憶錄等。一般而
言，研究上的重要性是第一手資料大於第二手資料。

第2課

編排專題報告或學術論文目次

學習重點說明

⊃ 以章、節次的概念來編排目次。

⊃ 訂定章、節次標題之技巧。

⊃ 編排章、節次的依據。

⊃ 每章的第一節與最後一節建議放置「はじめに」、「おわりに」，力求內容的完整性與連貫性。

⊃ 盡量呈現章、節次的順序性與層次感。

⊃ 「圖表一覽」的呈現模式。

第1課已經學習過專題報告或學術論文的架構，是由「序論」、「本論」、「結論」三部分組織而成。本課將以此為基礎，學習編排專題報告或學術論文的目次。

　　編排專題報告或學術論文的目次，不要把它想像得很難，以輕鬆的心情看待，將事半功倍。其實就像編排一本書籍或雜誌的目錄一樣，目的是要告訴讀者在本書或雜誌裡要呈現些什麼內容，而在第幾頁又有什麼樣的東西，只是提供便利性而已。只不過，這也算是和讀者的第一次接觸，是可以藉機引發讀者要不要閱讀本書籍意願的一個非常重要的地方，所以不可不謹慎。本課將學習如何編排有條不紊、一目瞭然的目次。

一、以章、節次的概念來編排目次

　　有關章節的概念，可以簡單理解成「集合複數的節次為一章，集合複數的章為一本書」。因此一本專題報告或學術論文，以三章來編排章節最為理想。至少要有兩章，但不能只有一章。同樣道理，一章以三節次來編排章節，最為理想。至少要有兩個節次，但不能只有一個節次。如果節次之後還要細分項目，可以依實際需要分成（一）、（二）不等。建立此由大至小（書籍 → 章 → 節次 → 項目）的群組概念之後，再來編排目次，將會使整體的目次，呈現較有層次的感覺。

　　而有關編排專題報告或學術論文的章節，有兩種排列方式可以考慮使用。一為使用一般傳統的漢字數字的排列方式，一為使用阿拉伯數字的排列方式。其中，又以阿拉伯數字排列方式的論文，最近比較常見。

表1　一般傳統的漢字數字的排列方式

理想的專題報告或學術論文的章節安排	第一章	第一節	（一） （二）
		第二節	（一） （二）
		第三節	（一） （二）
	第二章	第一節	（一） （二）
		第二節	（一） （二）
		第三節	（一） （二）
	第三章	第一節	（一） （二）
		第二節	（一） （二）
		第三節	（一） （二）

表2　阿拉伯數字的排列方式

理想的專題報告或學術論文的章節安排	1.	1.	1. 2.
		2.	1. 2.
		3.	1. 2.
	2.	1.	1. 2.
		2.	1. 2.
		3.	1. 2.
	3.	1.	1. 2.
		2.	1. 2.
		3.	1. 2.

二、訂定章、節次標題之技巧

　　要具體又有效率地下章、節次的標題，其實不難。具體方法可以參考本書姊妹作《我的第一堂日文專題寫作課》第2課。這與當初訂定論文題目時一樣，用「名詞」來結尾，較有鄭重、四平八穩之感。此外，也可以善加利用「について」、「を中心に」、「をめぐって」、「を探って」、「を探求して」等用法，但是絕對避免使用動詞的「る」體來結尾，因為現代日文中以「る」體來結尾的動詞，可能是「終止形」或「連體形」。如果是「終止形」的話，可能就此結束，而如果是「連體形」的話，後面勢必要加名詞才能結束，因此會產生不確定感，所以建議避免使用動詞的「る」體來結尾。另外也不要用「！」、「？」來結尾，因為此類強調的符號，是為了吸引眾人目光的廣告用詞，不宜用於專題報告或學術論文上，用了反而會降低專題報告或學術論文的層級。

三、編排章、節次的依據

編排專題報告或學術論文的章節，全憑執筆者是否有撰寫過研究計畫書的經驗。如果曾經撰寫過的人，建議以研究計畫書中設定的「研究內容」為依據，將規畫未來即將考察或研究的每一步驟，逐一地當成各章來安排。規劃的第一步驟所執行的內容，擺放進第一章，規劃的第二步驟所執行的內容，擺放進第二章，規劃的第三步驟所執行的內容，擺放進第三章，依序而下。基本上是有幾個步驟就設定幾章，如果各步驟執行的內容，出現多與少的差別，建議可以依據內容的多寡調整一下。比如說規劃的第一步驟，只是為某個專有名詞下定義而已，當然執行的內容就不會太多。於是可以將規劃的第一步驟、第二步驟擺放進第一章。

儘管如此，在此所談的都只是個大方向，執筆者還須逐漸磨練出視情況而定、臨機應變的能力。因為經過此番磨練之後，等於出社會之前就已身懷視情況而定、臨機應變的能力，所以將會讓您更平順地走入社會，順利就業。這也是撰寫專題報告或學術論文的過程中，可以得到的另一番紮實的訓練。即使很明確知道將來要選擇的不是升學而是就業一途，利用在校期間好好接受撰寫專題報告或學術論文的訓練，建立邏輯觀、處理事情的能力，不也能增加就業的競爭能力嗎？

以下為研究計畫書中規劃之研究步驟，若要延伸成專題報告或學術論文時，就成為章節安排的依據。

表3　研究計畫書中規劃之研究步驟延伸成專題報告或學術論文的章節

研究計畫書中規劃之研究步驟	目次上呈現之章（節）	說明
第一步驟	第一章	1. 基本上依據規劃的一個步驟所執行的內容，擺放於一章。 2. 可視執行的內容多寡而調整。或是將兩個步驟所執行的內容，擺放於一章。
第二步驟	第二章	
第三步驟	第三章	
第四步驟	第四章	

無論有沒有撰寫過研究計畫書都沒關係，但在設定「研究內容」時，切記越詳細地規劃每一個考察或研究的步驟越好。這樣才有明確的方向感，有助於往後編排專題報告或學術論文的目次。

四、目次須具備的要項

專題報告或學術論文的基本組織架構為「序論」、「本論」、「結論」，此三項須呈現在目次上面。至於其他像「引用範本」、「參考資料」、「參考書目」、「謝詞」等，可以根據所需陸續列上。

目次有便利搜尋內容，藉以激發讀者閱讀興趣的功能。目次上所列的各個標題項目皆須標明頁碼，但目次頁本身一般不用加上頁碼。專題報告或學術論文的頁碼，只要從序論處開始標起即可。

茲將專題報告或學術論文當中，目次上常見之要項，逐一羅列如下表。請參考說明欄，只要將符合自己專題報告或學術論文上所需要項列上目次，即大功告成。

表4　目次上常見之要項

排列順序 日文（中文）	功用	說明
（一） 前書き （前言）	簡單介紹完成的背景。	省略亦可。
（二） 凡例 （範例說明）	說明句型、圖表、文章上使用記號所代表的意思。	若沒有必要，亦可不用設立。
（三） 図表一覧 （圖表一覽）	標示圖表所在頁碼。	圖表數量多時有此必要。若沒有必要，亦可不用設立。
（四） 序論 （序論）	交代研究動機，概觀先行研究，以及研究方法與內容（步驟）。	相當於研究計畫書之「研究動機」、「先行研究」、「研究內容與研究方法」。

排列順序 日文（中文）	功用	說明
（五） 各章、節 （各章、節）	完整呈現依據研究步驟所執行之考察內容。	編排各章、節次。
（六） 結論 （結論）	彙整研究結果，並交代未完成課題、已完成課題之重要性（研究價值）、以及今後研究展望（今後課題）。	各章的結論，再加上研究計畫書之「研究價值與今後課題」。
（七） 參考資料 / 付錄資料 （參考資料）	撰寫該論文時之重要參考資料的具體內容。	可以擺放諸如：1.自製或他人製作之問卷內容 2.自製或他人製作跨頁的圖表或照片檔 3.翻譯文本 4.個人年表 5.重要歷史事件年表 6.地圖等等。
（八） テキスト （引用範本）	實際引用於該論文之文本。	若沒有必要，亦可不用設立。
（九） 參考文献 （參考書目）	實際引用之他人學說，或是曾經閱讀或參考過的書目（包含期刊、雜誌、新聞、字典、網路資料）。	依下列規則擇一排列：1.作者名五十音順序 2.作者名筆劃順序 3.書籍出版順序 4.書名五十音順序等等。
（十） 謝辞 （謝詞）	感謝論文完成過程中，曾經幫忙過的人。	省略亦可。

　　人生第一次撰寫畢業論文或碩士論文，也許要感謝他人的扶持才能完成。不過因為是初學之作，大部分都是為了拿畢業學分而繳交，所以毋須多禮言謝。如果沒有非此不可的理由，建議省略介紹創作背景的「前書き」，以及致謝的「謝辞」部分，反而自然一些。而「凡例」部分，若因資料繁雜，須特別說明所使用

的圖表、記號時，可以加入。「図表一覧」部分，是為了提示圖表所在頁碼，如果圖表數量不多時，可以考慮省略，不用列出。一般撰寫畢業論文或碩士論文，應該很少用得到。

撰寫論文時，當作附錄資料予以佐證，或是具體參考資料的內容，稱之為「參考資料」或「付録資料」。比方說是用問卷方式取樣分析，則須將問卷原封不動附上，以供參考。其他像是自製或他人製作跨頁的圖表或照片檔、翻譯文本、作家個人年表、歷史大事件年表、地圖等等，如果有需要，都可以放置於此，有助於更清楚了解該專題報告或學術論文。

「テキスト」為引用範本。例如要研究世界聞名的日本文學名著《雪國》，想把日本岩波書店出版的《雪國》裡的描寫引經據典加以討論，那麼這本岩波書店出版的《雪國》，就稱為「テキスト」。而有人於某期刊或著作上對《雪國》品頭論足提出個人見解，若要引用該見解，那麼該期刊或著作，就稱為「參考文献」。由此可知，「テキスト」與「參考文献」是有所區隔的。但非得一定要有「テキスト」嗎？其實不然。像是研究日本泡沫經濟、政黨政治，就可能不需要「テキスト」。直接將研究日本泡沫經濟、政黨政治的學說，當作「參考文献」引用出來即可。也就是說「テキスト」不一定會有，有的情況才要列出。但是「參考文献」一定要有，不然就不能叫做客觀的研究了。

五、編排本論中各章、節次的訣竅

編排章節時，可以考慮選擇用「基本版」或「進階版」兩種方式來處理。

（一）基本版

基本版就是將上面所提的概念，以及該有的項目，以由大至小的順序，依序編排章節而下。並依個人專題報告或學術論文上所需的要項，羅列整理成目次。

基本版1（一般漢字數字標示）

基本版1為章節的數字是用漢字數字標示的目次。「タイトル」處就是標示適當標題的地方。頁數處則標示該章、節所在的頁碼，直接標出數字即可，不需要標示「P」。如果目次的分量不足一頁，為了整體的美觀，可以調整行距或字體大小，讓一頁的目次，整體看起來既整齊又有質感。當然如果目次的分量超過一頁的話，也是可以的。此時也要記得調整行距或字體大小，讓整體看起來美觀最為重要。

　　另外，也可以將章節的數字，改成一般較常見的阿拉伯數字。整體感覺如下表（基本版2）所示。總之，自己的專題報告或學術論文創作，只要自己喜歡、看順眼，且別人一眼看起來覺得整齊，大致就沒有問題。

基本版2（阿拉伯數字標示）

基本版2只是將基本版1的章節數字，改為阿拉伯數字的標示而已。如果比較喜歡此方式，可以參考使用，但切記不能僅有一半改為阿拉伯數字標示。也就是說，不管用哪個方式標示，都必須從頭到尾全部統一。而下面的基本版3也是常見的標示方式。喜歡的話，也可以嘗試使用。

基本版3（阿拉伯數字標示）

（二）進階版

　　如果為了往後創作著想，想避免越接近專題報告或學術論文完成期限，心情就越慌亂、心理負擔就越沉重的話，建議還是事先規劃完整，一開始就以進階版來編排，之後會省事許多。編排進階版的技巧，只要在每一章的第一節與最後一

節放置「はじめに」、「おわりに」即可。

　　「はじめに」處，乃交代該章撰寫的動機與考察目的、步驟，而「おわりに」處，則是統整該章的各節考察的結果。使用此規格來編排目次，可以清晰地看出章節編排的順序性以及層次性，展現內容的完整性與連貫性。而且也可以讓執筆者，在撰寫每一章時都能保持頭腦清晰、思緒明朗，步驟不容易混亂。因為每一章的第一節「はじめに」須交代該章的研究動機，而最後一節「おわりに」須交代該章的考察結果，一個指令一個動作，循序而下當然就不會漏掉某個重要部分或步調錯亂。再者，由於有多少章就會有多少個「おわりに」，那麼在寫「結論」時，也會輕鬆許多。只要集合各章的「おわりに」，再加上「研究價值與今後課題」，就能簡單完成了。

　　但是如果要讓「結論」的內容再更有深度、更扣人心弦的話，不要好像只是整個複製各章的「おわりに」而已。可以適切地加入日文詞彙來潤飾一下，讓各章的「おわりに」能夠前後連貫、脈絡分明。如此一來，有助於讓讀者明確知道執筆者的思路，而且呈現出來的效果也會更佳。有關「結論」的撰寫技巧以及注意要項，將於第12課詳述。

進階版1（一般漢字數字標示）

　　　上表為用一般漢字數字編排的進階版目次。下表為用阿拉伯數字編排的進階版目次。不管使用哪一個都可以，沒有優劣之分。

進階版2（阿拉伯數字標示）

　　　　進階版3為另一常見的目次編排方式，可以參考看看。

進階版3（阿拉伯數字標示）

　　有些論文的撰寫者在標示「はじめに」時，不用「1」而是用「0」開始編序，這樣也可以。或是不用「おわりに」而用「まとめ」詞彙來代替，當然也無妨。這都是另一種選擇，只要整體統一就可以了，沒有優劣之分。因為各個領域的趨勢或指導老師的喜愛不同，建議在編排目次時，可以找出幾本該領域的論文來參考，這樣比較能掌握到該領域的脈動，編排出來的目次，也比較能被該領域所接受。

　　還有，目次編排完成之後，並非完全不能更動。現階段編排出的目次，只是像羅盤針一樣，顯示出撰寫的大方向。以後隨著「本論」的考察進度與方向，都會有若干的變動。只要在最後定稿時，確實校對「本論」與目次標題吻不吻合即可。有關最後定稿前的校對工作重點，將於第13課詳細敘述。

 練習題

請從上面編排目次的模式當中，選擇一種來套用，試著寫出自己的目次。

（三）參考範例

下面列出三份碩士論文的目次，當作範例參考。請對照一下剛剛自己編排出的目次，確認自己是否已確實掌握到編排目次的重點了。

範例1

　　範例1為林子玲同學提交碩士論文的目次，題目為探討日本文豪夏目漱石的
殖民論述。面試時獲得口試委員的佳評，順利畢業拿到了碩士學位。該目次是用
漢字數字，而且每一章的開頭處以「はじめに」、結束處以「おわりに」來標
記。章節的層次、編排，一目瞭然。

　　有關內容部分，「序論」處明確交代研究動機、考察目的、考察步驟。而
「本論」則從作品論延伸至作家論，清楚規劃出一定的方向。此外，將漱石作品
中的人物分成遠赴「朝鮮」與「滿州」兩個種類，於第一章至第三章處進行實際
考察，至此為作品論的範疇。而第四章與第五章則著重於漱石本人的海外經驗的
對照比較，此為作家論的範疇。最後於「結論」處，匯整各章結論並提及該論文
的研究價值與未來展望等課題。此目次內容安排前後連貫、整體看來有方向性與
層次性，因此深獲好評。能依照上述訣竅編排此類目次，應該可以獲得不錯的評
價。各位不妨試看看，一定可以辦到，加油！

範例2

目　次

　　範例2為何浩東同學提交碩士論文的目次，題目為探討日本文豪夏目漱石作品中，素稱為第一回的三部作品中的男性戀情的歸向。面試時獲得口試委員的佳評，順利畢業拿到了碩士學位。與範例1一樣，該目次是用漢字數字，而且每一章的開頭處以「はじめに」、結束處皆以「おわりに」來標記。章節的層次編排，可說是一目瞭然。

　　內容部分也是於「序論」處，明確交代研究動機、考察目的、考察步驟。而「本論」雖然只侷限於作品論，但依順序於第一章探討《三四郎》、第二章探討《之後》、第三章探討《門》等三部作品中，男性們的戀情的發展。之後於第四章中，分類出「贏家」、「輸家」兩類別，進一步探究男性們的戀情的歸向。這是一個以「異中求同、同中求異」的方式，處理龐雜資料的成功例子。最後於「結論」處，匯整各章結論並提及該論文的研究價值與未來展望等課題。該目

次內容安排前後連貫、整體看來有方向性與層次性，因而獲得審查委員的共鳴。

範例3

目　次

　　範例3為梁齡元同學提交碩士論文的目次，題目為探討日本女性作家有吉佐和子作品中女性的相互關係。該生面試時獲得口試委員的佳評，順利畢業拿到了碩士學位。此範例3與範例1、2的最大不同點，是用阿拉伯數字編排目次序號，一樣呈現出章節的層次感。

有關內容部分，於第一章先著眼於日本近代女性文學研究的趨勢，再由大至小，聚焦於日本女性文學代表作家有吉佐和子的作品上。而進入實際分析作品之前，先概觀日本近代女性文學，並從中彙整出研究趨勢，藉以延續至該研究的必然性，此方法呈現出研究的寬度。到了第二、三、四章，則各自以「至終皆處於對立狀態」、「由對立進而和解」、「由對立、和解，最後而至共生局面」等三個指標，實際分析作品。之後，再從當時的時代背景以及作者本身經歷的觀點切入，探究之間的相關性。

從目次的編排上，可以看出該碩士論文，既彙整了先行論究，又有精闢的作品分析，還佐以作者經歷與時代背景的有力支撐，因此可謂是一部有深度、又有寬度的佳作。如果有心往博士深造，彙整先行研究的訓練，是不可或缺的。這樣的目次安排，可以提供想往更高處挑戰的學子作參考。

六、「圖表一覽」的呈現模式

本課最後要說明「圖表一覽」的呈現模式。當論文擺放了許多圖表時,為了便利閱讀、查詢,有些審查單位會明文規定需要獨立列出一份圖表一覽。如果沒有硬性規定,但論文內的確擺放了許多圖表,此時也建議增列一份圖表一覽,會讓讀者感到貼心。再者,圖與表是兩種不同的東西,需要列出時得分開處理。姊妹作《我的第一堂日文專題寫作課》第10課中,已經提過圖與表上面需要加上序號與標題,所以圖表一覽上面,也要呈現圖與表的序號與標題。下面分別列出圖與表的圖表一覽模式,以供參考。

圖表一覽模式1

図表一覧

図

図1タイトル ――――――――――――――――	頁數
図2タイトル ――――――――――――――――	頁數
図3タイトル ――――――――――――――――	頁數
図4タイトル ――――――――――――――――	頁數
図5タイトル ――――――――――――――――	頁數
図6タイトル ――――――――――――――――	頁數
図7タイトル ――――――――――――――――	頁數
図8タイトル ――――――――――――――――	頁數
図9タイトル ――――――――――――――――	頁數
図10タイトル ―――――――――――――――	頁數
図11タイトル ―――――――――――――――	頁數
図12タイトル ―――――――――――――――	頁數
図13タイトル ―――――――――――――――	頁數
図14タイトル ―――――――――――――――	頁數
図15タイトル ―――――――――――――――	頁數
図16タイトル ―――――――――――――――	頁數
図17タイトル ―――――――――――――――	頁數
図18タイトル ―――――――――――――――	頁數
図19タイトル ―――――――――――――――	頁數
図20タイトル ―――――――――――――――	頁數
図21タイトル ―――――――――――――――	頁數

圖表一覽模式2

　　圖表一覽模式1為編列「圖」的一覽表，圖表一覽模式2為編列「表」的一覽表。編列圖表一覽時，以排列整齊劃一為原則，並將其擺放在全篇專題報告或學術論文的「目次」與「序論」之間。上面提過，原則上目次頁與圖表一覽頁不用編列頁碼，但如果目次頁與圖表一覽頁的頁數不少的話，可以從目次開始用羅馬數字（Ⅰ. Ⅱ. Ⅲ. ……）編列頁碼。而從序論開始至整本論文的最後，則另外啟用阿拉伯數字（1. 2. 3. ……）編列頁碼。除此之外，建議頁碼列於各頁最下面的中間位置。

專題報告或學術論文特質：
作文VS.論文

學習重點說明

➔ 認識專題報告或學術論文的特質。

➔ 依寫作目的，文章可分為「敘述文」、「說明文」、
「意見文」三大類。

➔ 增加文獻的引用，將偏重感想的作文，提升至專題報告
或學術論文的層級。

➔ 注意客觀，才會有說服力，進而獲得普遍的認同。

進入正式撰寫「本論」之前，本課先學習如何寫，才不會被認為是在寫偏重感想的作文，而不是在撰寫專題報告或學術論文。此關鍵在於寫的內容客不客觀。而內容客不客觀，重點則在於有沒有引用文獻。

回想一下自己學習外語的歷程。初學者幾乎都是先記單字、背慣用句以及學習文法，之後再練習用該種語言表達自己所想表達的意思。而好不容易能使用該種語言寫出自己想說的話時，卻又常常被糾正說：「寫的文法雖然沒有錯，但遣詞用字不自然，通常日本人不這樣說。」在歷經多次被糾正的經驗之後，多少也磨練出能夠掌握該種語言的語感，以及用更適切的方式來自然表達。到此為止，通常是大學的外語教學中設定到大三的課程目標。

而從能夠使用該種語言寫出自己想說的話，延伸至撰寫專題報告或學術論文，就屬於高階日文的訓練課程。本課將學習如何從寫感想文，進階至專題報告或學術論文的寫作。

一、依寫作目的，文章可分為「敘述文」、「說明文」、「意見文」三大類

外語的學習，教學單位都會安排該種語言的寫作課程。像日文的作文課程，在訓練日文寫作時，會教導學習者依寫作目的，文章大概可以分為「敘述文」、「說明文」、「意見文」三種不同類型的文章。而此三種類型，雖然都是陳述一己之見，但會因為鋪陳方式的不同，效果而有所差異。

表1　依寫作的目的，三種類型文章的內容與特色

分類 日文（中文）	內容與特色	提升至論文 須補強的要項
物語文 （敘述文）	1. 掌握事情的整個發展過程。 2. 事情如何發生、如何進展、最後又是如何結束？	增加引用（切記須交代資料出處）。
說明文 （說明文）	1. 掌握主題重點。 2. 該主題（現況或事物）的起源為何？目前應用的情況為何？該如何操作、使用？	增加引用（切記須交代資料出處）。
意見文 （意見文）	1. 掌握對主題表達的主張。 2. 該主題現況為何？又發生什麼事？要如何處理？對此又有何意見？	增加引用（切記須交代資料出處）。

　　以上三種類型，「敘述文」主要是敘述一件事情發生的來龍去脈。觀察重點為事情的發生、之後的進展、最後的結果。而「說明文」主要是說明一個現象的起源或事物的使用操作方式。觀察重點為該現象或事物操作方式的說明。「意見文」主要是對某一事件或事物表達主張。觀察重點為某一事件或事物的發生，該如何處理。

　　也就是說，「敘述文」像是在說故事，而「說明文」像是說明書，「意見文」則像是演講稿。但這些都無法擺脫為一己之見的包袱。如果想從此處進階至專題報告或學術論文，是有技巧的，而技巧就在於多增加書目的引用。只要一增加書目或文獻的引用，馬上就可以讓別人對此「充其量只不過是一己之見」的狹隘印象為之改觀。有關如何將偏重感想文的作文，進階至專題報告或學術論文的技巧，將於本課第二節詳述。

接下來舉出三個範例，比較看看三篇文章間的差異性。範例1是敘述一位小女生精心策劃與心儀已久的偶像相遇的故事。

範例1：敘述文

　　ある日の暮方の事である。一人の女の子が、東京駅の八重洲口に立っていた。あたりは家路を急ぐサラリーマンやOL、学生達で溢れていた。

　　女の子は、手に花束を持ち、目を大きくして誰かを探している。冷え冷えとした夕方の東京は、もうストーブが欲しいほどの寒さである。風は駅の柱と柱との間を、夕闇と共に遠慮なく吹きぬける。

　　すると、ふと駅ビル2階のエスカレーターから降りてきた人影が眼についた。帽子を被った顔ははっきりとは見えないが、なんとなくその姿に親しみを感じる。だんだんと出口に近づいてきた彼の前へ進み出た女の子は、心に感じたそのときめきを抑え、微笑みながら手に持っていた花束をいきなり差し出した。彼は、一瞬大変驚いた様子だったが、黙ってそれを受け取ると、穏やかな声で「ありがとう」と言った。そして、別れを告げるように軽く手を挙げ、そのまま駅を出入りする人混みに姿を隠してしまった。

　　彼は、女の子がずっと憧れていたアイドルの山下智久だった。誰にも知られないよう感動を胸に抱き、女の子は恐い先生の待つダンスの授業に間に合うよう、塾へ行く道を急いだ。

範例2是說明現在流行的「雲端科技」的由來，以及其應用的範疇。

範例2：說明文

　　1990年代から始まったネットワーク(network)通信技術の発達は、2000年代に入り、急速に双方向化の方向に向かっている。個人のホームページ（homepage）から読者間のつながりのあるブログ（Blog）へ、さらには広く利用者を結びつけるソーシャルネットワーク（SNS）のフェイスブック（Facebook）やツイッター（Twitter）へと、インターネット（internet）利用の仕方も発展してきた。

　　その一つとして、最近話題になっているのはクラウドコンピューティング（cloud computing）である。「クラウド」（雲）とはネットワーク（通常はインターネット）のことで、発達したネットワーク技術が結びつけたコンピュータシステムの結合を雲の図で表す習慣から、この呼び名が生まれたと言われている。

　　クラウドコンピューティングの特徴は、使用者がサービス利用料金を払って、インターネットのネットワークからさまざまなサービスを受け、ソフトウェア、データ管理、保管などのサービスを利用することである。

　　今までのコンピュータの利用法は、使用者（企業、学校、個人などのユーザー（user））がコンピュータのハードウェア（hardware）とソフトウェア（software）を購入して、データ（data）などを管理していた。こうした管理には、一定以上の知識と時間が必要で、今までユーザーはかなりのコストをかけてコンピュータ、周辺機器、ネットワークの管理と運用をおこなってきた。しかし、今後のクラウドコンピューティング社会では、ユーザーは最低限のパソコンとネットワーク環境だけを準備すれば、ワードプロセッサーや表計算ソフトはもちろん、写真や画像などの保管やアップロード、ソーシャルネットワークの機能など、アプリケーション・ソフト（application software）も各種のサービスも、クラウドネットワークにアクセスするだけで自由に使えるようになるのである。

範例3是敘述現代日本社會的家庭形式。在日本，近來因家庭組合成員的不同，出現了不少近代日本未曾見過的家庭形式。於是作者主張不能用「核家族」（中文意為「小家庭」）代表的「近代家族」（中文意為「近代家庭」）一語，來涵蓋現代日本社會的現況。

範例3：意見文

　　1960年代から70年代にかけての日本社会は、核家族を理想の家族形態として追求してきた。その一方で、三世代が同居する伝統的大家族を支持する意見も多かった。こうした家族像は、マスコミの流すドラマなどの影響で現代の日本人の固定観念になっていった。しかし、歴史的な家族形態の変遷についての研究が進むにつれ、核家族や三世代同居の大家族は、19世紀後半から普及した恵まれた社会環境での特殊な家族形態であることが明らかになり、家族像の見直しが進んでいる。

　　その一方で、核家族を典型的家族と見る立場からすると、現代社会では「家族崩壊」と呼ばれる現象も進んでいる。こうした現象は最初マスコミの批判の対象になり、その度に子育てをする若年世代（特に母親）がやり玉に挙げられてきたが、少子高齢化が避けがたい現実となった2000年代になると、次第にライフスタイルの変化として承認されるようになってきた。

　　「鍵っ子」
　　今では死語になっている言葉。1980年代まで日本の核家族では、母親は家にいて子育てをするのが当然とされていた。しかし、家計の負担が増し、多くの家庭では共働きが進んだ。子供一人だけが家で留守番をする状態は「鍵っ子」と呼ばれ、働きに出る母親たちが批判の的となった。

「一人っ子」

核家族では夫婦と子供2～3人が理想の家族数と見なされた。兄弟姉妹のいない子供は「一人っ子」と呼ばれ、兄弟姉妹がいないことが問題視された時期もあった。しかし、2000年代、少子高齢化時代が現実になると、「DINKS＝Double Income No Kids」と呼ばれる子どもをもたない共働きの夫婦や、結婚しないで親や友人と同居する「ニュー・シングル」など、子供を産まない選択をする人はすでに当たり前となっている。

「単身赴任」

1970年代から、仕事で父親が他の地方に転勤し、母親と子供たちだけが、学校の関係で元の町に残るという一時的な別居家族が増えた。その後、結婚の形態が多様化し、妻と夫がそれぞれの仕事を別の町でして、週末だけ一緒に暮らす「週末結婚」や東京と大阪でそれぞれ暮らして、休みの期間だけ一緒に過ごす「長距離結婚」なども広がっている。

「マスオさん現象」

日本の三世代家族の規範意識では、妻は夫の家族と同居すべきだとされてきた。しかし、1960年代の長谷川町子の人気漫画『サザエさん』の家族では、夫の「マスオさん」が妻「サザエさん」の家族と同居していた。現在では、三世代同居にもさまざまな選択肢が生まれている。

「片親家族」「単親家庭」

離婚による「母子家庭」または「父子家庭」のことである。1990年以前、日本では離婚はしてはいけない行為と見なされていた関係で、批判の対象になる場合も多くあった。しかし、離婚が当然になった現在では、不自然な家族とは見られなくなっている。欧米では当たり前

の離婚者同士の再婚や子連れの再婚も増え、再婚した家族は「ステップ・ファミリー」と呼ばれている。

「事実婚」「別姓結婚」

台湾では妻の姓を結婚で変える必要はない。しかし、日本では結婚により改姓と戸籍移動等が義務づけられている。女性の場合、仕事での地位や業績があっても、結婚によって姓が変わってしまい不利になる場合が少なくなかった。また、再婚の場合も、婚姻により財産相続等に非常に大きな問題が生じる場合もある。そのため、婚姻届を出さずに夫婦別姓を貫くカップルも増えている。

男女関係と子育てに関する問題は、かつては婚姻と家族の問題と考えられてきた。しかし現在では、ライフスタイルにおける個人の選択の問題と捉えられるようになっている。私達は自分の生活スタイルを自分で決めることが大切な時代に生きているのである。

透過以上三篇文章的閱讀，對於「敘述文」、「說明文」、「意見文」三類文章間的差異，應該有初步的了解。

 練習題（一）

請閱讀下面A、B、C、D、E五篇文章，根據寫法將之分類成「敘述文」、「說明文」或「意見文」，並找出各篇文章的主題。

A文章

　　現在の日本アニメの源流は、1960年代のテレビアニメであろう。中でも、その後の各ジャンルアニメの原型になったストーリーが多数あった点は、大変注目されるものである。ロボットアニメとして1963年の手塚治虫の「鉄腕アトム」と「鉄人28号」は、1970年代の「宇宙戦艦ヤマト」や「銀河鉄道999」、そして「機動戦士ガンダム」など日本アニメの中心ジャンルを作ったSFアニメの原点と言えるであろう。

　　現在でもシリーズがつづく超人アニメあるいは超人ドラマの原点も、1960年代にあった。改造人間アニメの始まりは、1963年の「エイトマン」や1965年の「スーパージェッター」で、これは実写ドラマ化され、1971年の「仮面ライダー」とその後の「仮面ライダーシリーズ」や「レンジャーシリーズ」となった。以後も1990年代の「ドラゴンボールシリーズ」など、多彩な主人公を生み出している。

　　少女アニメもやはり1960年代に源流がある。1966年の「魔法使いサリー」、1967年の「リボンの騎士」、1969年の「秘密のアッコちゃん」、「アタックNO.1」などは、その後さまざまな「美少女アニメ」として発展し、1990年代以降の「萌えキャラ」の原型になったと言えるだろう。

　　もう一つは、ギャグ・スクール系アニメで、小学生を主人公にしたさまざまなバリエーションのアニメが1960年代に生まれた。1965年の「オバケのQ太郎」、1966年の「おそ松くん」、1968年の「怪物くん」、1969年の「ハクション大魔王」など、これらは1970年代以降、藤子不二雄の「ドラえもん」シリーズや「忍者ハットリくん」などとして、世界中から愛されるジャンルに発展した。

B文章

　2011年8月、民主党が政権をとってから、二代目の菅直人総理大臣が辞任した。日本では、2003年から2006年まで「改革なくして成長なし」などのキャッチ・フレーズで政治運営をリードして、国民から高い支持を得ていた小泉純一郎総理大臣以後、短期間のうちに総理が次々と交代し、安定した国の運営が次第に困難になりつつある。進む少子高齢化の中で、巨額の財政赤字を抱えながら経済的活力を維持し、必要な社会保障費をまかないつつ、外交的安定や安全保障面でも実力を維持しなくてはならないという、相互に矛盾した課題を抱え、日本社会は非常に大きな困難にぶつかっている。そこに、2011年3月11日の東北関東大震災と福島原発メルトダウン爆発事故が重なった。不安定な政局に国民の不満と苛立ちは次第に高まっており、震災復興と原発事故対策の停滞に象徴されるような、社会の利益より個人の利益を優先する政治と、行政の腐敗に対する批判が次第に広がっている。

　果たして日本社会は、どう進んでいけばよいのか。一つの答えは、市民の意識改革であろう。今までは政治体制と行政組織にすべてを任せ、市民は自分の仕事と生活だけに責任を持つようなトップダウン型社会になっていた。しかし、今後はそうした社会運営は許されないであろう。市民がより積極的に政治体制と行政組織の方向に関心を払い、それにふさわしい人材を自分の住む地域から政治運営に抜擢する、そうしたボトムアップ型社会に転換する時期が来たと言えるのではないだろうか。

C文章

　ある日、父が葡萄の絵が描いてある箱を持って帰った。それを見て、「あっ、葡萄だ」と私はうれしくなって言った。すると父が、「この葡萄は特別だよ。色がいつものと違うから」と言いながら、その葡萄を洗って皿に置いた。ちらっと見ると、その葡萄はなんとオレンジ色であった。こんな色の葡萄は生まれて初めて見たので、わくわくして、さっそく一粒を食べてみた。すると、葡萄ではない酸味が口に広がった。「これ、トマトじゃない」と気付いたとき、家族みんなが大笑いした。

　これは、つい最近の出来事である。二十一歳にもなったのに、葡萄とトマトも見分けられなかった自分は、本当にバカみたいだと思う。今でも葡萄を見るたびに、またトマトの酸っぱい味が思い出されて、恥ずかしい気持ちでいっぱいになる。

　ところが、葡萄についての記憶にも、鮮明な忘れがたい思い出がある。それは、今の学校に初めてやって来た頃のことである。転校したばかりの私は、新しいクラスメートやルームメートとの付き合いがうまくできるかどうか、不安でいっぱいだった。そんなある夜、ルームメートが私に、「いっしょに果物食べない」と言いながら、葡萄を手渡してくれたのだ。その瞬間、涙が出るほどうれしかった。手の中の葡萄には、まだ水がついていたので少し冷たかったが、掌が何となく温かく感じられた。

出典：黄靖雅（当時大学 3 年生）の作文より

D文章

　　日本では、小泉内閣時代の2000年代半ばから、政府批判の用語として「M型社会の進行」が注目されるようになった。M型社会とは、平均値がある中央に最も多くの国民が集中している中流意識社会とは逆に、平均値は同じでも、所得の高い層と所得の低い層にそれぞれピークが分散した社会のことである。従って、所得の平均値は同じでも、M型社会では平均値付近の国民は減少し、所得の少ない層が増えて所得の高い層と二極化してしまう。

　　これまでの研究によれば、グローバル化が進んだ社会では、こうした二極化が進行する傾向があると言われている。日本などより早くから外国人労働者を安い労働力として導入していたアラブの産油国では、平均的なスキルのビジネスマンから単純労働者の賃金が大きく低下していったのに対して、高度のスキルや外国語能力を持ったビジネスマンの給料は増大したという。

　　日本では、2011年7月に厚生労働省が「2010年国民生活基礎調査」の結果を発表したが、それによれば平均所得は約550万円だが、その平均値以下の所得の国民が全体の約60％に達している。中でも年収400万円以下の国民が45％を占めている一方で、約10％の国民は年収1000万円以上を得ている。

　　結局は、仕事内容によって、自然と賃金や待遇に非常に大きな差を生じさせている社会体制があり、それがグルーバル化によって進行していると考えざるをえないであろう。

（注）「2010年国民生活基礎調査」のデータは以下で公開されている。
　　　http://www.mhlw.go.jp/toukei/saikin/hw/k-tyosa/k-tyosa10/

E文章

　日本では、2000年代始めから「非正規雇用」の問題が次第に深刻化してきた。「非正規雇用」とは、正社員になれない雇用形態のことで、パートタイマーや各種アルバイト、臨時雇い、派遣労働、外国人労働など、さまざまな法的保障のある正社員以外の雇用形態のことである。ビジネス関係のドラマには、こうした労働環境の変化が端的に出ている。たとえば2007年のドラマ『ハケンの品格』には、こうした問題が直接取り上げられ、派遣労働者の様子の一端が社会的に認知された。その時は、まだスキルアップすればどうにかなるという形で、希望のある仕事として描かれていたが、2008年のリーマンショックで金融恐慌が発生し、日本でも急速に経済状況が悪化すると、派遣社員は真っ先に解雇され、大きな社会問題になった。「非正規雇用」の拡大による賃金抑制を経済活性化政策の中心にしてきた自民党の産業経営は、もう破綻したのである。その結果、2009年に民主党政権が誕生した。しかし、民主党政権になってもこうした状況はまったく改善されず、2011年の「2010年国民生活基礎調査」では、貧富の差がますます拡大しているという結果が出ている。また、同じ年の「子ども・子育て白書」でも「非正規雇用」からの脱却が提唱されながら、学校でのキャリア教育など一般的な施策が出ているだけで、スキルアップや格差解消への効果的具体策は何も書かれていない。結局、民主党の雇用政策は自民党とまったく違いはなかったということである。ここでも国民の期待は大きく裏切られた。

　非正規雇用の問題では、年収が低いほど結婚できないというデータも示されていて、少子化とも深く関係している。コストダウンのためには非正規雇用を必要とするが、非正規雇用を続けると少子高齢化が進み、経済的衰退に歯止めがかからないという悪循環に、日本社会は陥りつつある。コストダウンだけを考えても、SONYの例を見ても分かるように、今の日本製品にはほとんど競争力がない分野も多く、20世紀的な物作りではない経営への転換が、日本の経営者には求められていると言えよう。

二、從作文（偏重感想）進階至專題報告或學術論文的技巧

茲將偏重感想文的作文，進階至專題報告或學術論文的技巧，圖式如下：

圖1 由偏重感想文的作文，進階至專題報告或學術論文的技巧

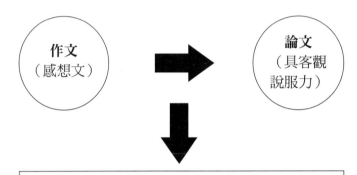

從圖1得知，可拿來當作引用的資料，可謂包羅萬象。大致可分成兩個種類：（一）訴諸文字的資料，舉凡文學作品的文本或他人論文、演講、報紙發表的意見皆是。（二）訴諸非文字的資料，舉凡數據、圖表或是語音、圖片都是。所有能使用的資料都可以加以利用，但切記在引用參考書目時，須交代該引用資料的出處，以免被認定違反著作權法。

此外，上面提過，雖然「敘述文」、「說明文」、「意見文」是三種不同的內容，但畢竟還是抒發一己之見、容易令人聯想到只是偏重於感想的文章。為了擺脫只是抒發一己之見的印象，須加入引用資料、文獻。也就是說，想將文章從作文進階至專題報告或學術論文，建議可以利用「增加引用資料、文獻」的方式，來加以提升。不妨參考下面的用例，學習具體提升文章中見解的可信度的技巧。

例句A

川端康成は、世界的に有名な日本人文学者である。　　　　（個人意見）

例句B

1968年に世界ノーベル文学賞を受賞した川端康成は、世界的に有名な
日本人文学者である。　　　　　　　　　　　　　　　（説服力倍增）

　　例句A為個人意見的表達，如果稍微懂得日本文學家的人應該都會贊同，但
是不熟悉此領域的人，恐怕不能馬上接受。而例句B中以川端康成於1968年獲得
諾貝爾文學獎的殊榮為事實，來支持川端康成是世界著名的文學家的說法，如此
一來，會讓聽到這一席話的人，不論有沒有日本文學背景知識，應該都能接受。

例句C

ファッションモデルを仕事にしている林志玲は、大変な美人である。

　　　　　　　　　　　　　　　　　　　　　　　　　　（個人意見）

例句D

ファッションモデルを仕事にしている林志玲は、西洋的な美人の標準
「八頭身」のプロポーションを持ち、また各種コンテストの入賞記録から
も分かるように、テレビでよく知られた台湾の美人である。

　　　　　　　　　　　　　　　　　　　　　　　　　　（説服力倍增）

例句C想表達台灣第一名模林志玲是美女。但審美標準因人而異，有人可能會不以為然。於是像例句D依據美女審核標準或參賽入圍紀錄來佐證，至少不贊成的人就會變少許多。

例句E

台湾はかなり進んだ高齢化社会である。　　　　　　　（個人意見）

例句F

国連は、65才以上の高齢化人口比率が7％になった社会を高齢化社会、14％以上になった社会を高齢社会であると定義している。台湾の行政院新聞局（1998年5月7日）が公表したニュースによると、台湾は現在65才以上の人口が全人口の8.4％を占めており、10年後には全人口の14％、30年後には全人口の20％まで増加するという[1]。こうしたデータから、台湾が高齢化社会であることは否定できないであろう。

---

[1] データは「中華民国行政院新聞局」の資料に拠る。
http://info.gio.gov.tw/ct.asp?xItem=11906&ctNode=5340&mp=6（2011年6月26日）

（說服力倍增）

例句E是自己的所見所聞，不具有說服力。而例句F是首先舉出聯合國對「高齡化」的定義來當依據，之後又引用行政院新聞局發布的高齡化人口比例之相關訊息來佐證，進而導出台灣是高齡化社會的言論。如此一來，應該就沒有人會質疑此說法的可信度了吧。這是利用具體的定義以及可靠的數據來佐證，讓見解增加了客觀、可信度的好範例。而撰寫專題報告或學術論文，就是需要這樣一

步接一步地做關連性的鋪陳，才會具備客觀性、說服力。有了客觀性、說服力的言論，就能獲得社會大眾的普遍認同。

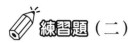 **練習題**（二）

請將【　　】中填入適當的用詞，以增加該說法的說服力。

1.
例句A

> 村上春樹は、世界的に有名な日本人文学者である。　　　（個人意見）

例句B

> 【　　　　　　　】村上春樹は、世界的に有名な日本人文学者である。
> （說服力倍增）

2.
例句A

> レディー・ガガは世界の音楽やファッションなどの先端に立っている。
> （個人意見）

例句B

> 【　　　　　　　　】レディー・ガガは、世界の音楽やファッション
> などの先端に立っている。
> （說服力倍增）

3.

例句A

台湾は日本を超える急速な少子化が問題となっている。

（個人意見）

例句B

【　　　　　　　　　　　　　　　】こうしたデータから、台湾で
は、日本を超える急速な少子化が問題となっていることは、否定できない
であろう。　　　　　　　　　　　　　　　　　　　　（説服力倍増）

三、從作文（偏重感想）進階至專題報告或學術論文的範例

下面的論述是利用事實或具體數據來佐證的範例，不妨參考看看。

　　2003年の財団法人国際交流基金『海外の日本語教育の現状』によると、台湾の日本語教育の特徴として、高等教育機関で学ぶ学習者の割合が、他のアジア諸国と比較して高いことが報告されている。台湾の「高等教育機関」は、総合大学、科技大学のほかに、四技（4年制単科大学）、二技（2年制単科大学で、中学校卒業生が入学した5年制専門学校の卒業生を受け入れる機関）、五専（普通の高校に進学しないかわりに、中学校卒業生が入学する5年制の専門学校）、高職（普通の高校に進学しないかわりに、中学校卒業生が入学する3年制の高等専門学校）の各種学校を指している。このような正規高等教育の様々な形態に、それぞれ日本語学習の機会が存在していることが、台湾での日本語学習ブームを加速している要因になっていると言えよう。

　　また、2005年度の台湾の日本語能力試験応募者数の人口比率は、世界一だったという報道があった。日本語能力試験は1984年に初めて実施され、2005年で22回目となる。国際交流基金によると、日本を含む世界の応募者総数は、第1回開催時には8千人ほどであったが、その後毎年徐々に上昇し、2005年12月実施分については46の国と地域で、約42万人にまで増加した。台湾での応募者数は約4万8千人で、全世界の約12％を占める。台湾の日本語学習者数は、海外において、韓国、中国、オーストラリア、米国に次いで第5位に位置していると言われる。日本語能力試験の応募者数は、日本語教育の普及状況と日本語能力の程度を示す一つの指標になると考えられる。図 (1) は、応募した各国人口の10万人当たりの応募者数を示したものである。

図 (1) のように、台湾は応募者総数で中国、韓国に次いで第3位であり、人口比に至っては、10万人当たり213人と、世界で最も高いという結果になった[1]。

　　以上のデータは、台湾における日本語教育がただ量的に普及していることを意味するばかりではなく、教育レベルの質的向上と学習者の日本語能力の伸びが著しいことをも示していると考えられる。

　　このことから台湾の日本語教育は、日本国内とは異なる独自の道を模索する時代に入ったことが推測できよう。

図 (1)　人口10 万人当たりの応募者数

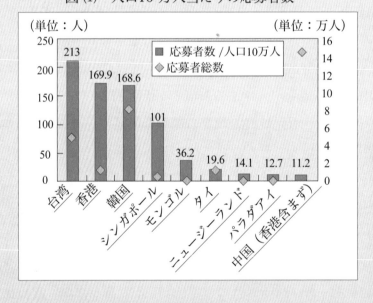

---

[1] 図 (1) および2005年度日本語能力試験の応募人数に関する記述は、堀越和男・余啓夫編集 (2006) 『いろは』22号財団法人交流協会日本語センターP4に拠った。

　　本範例的第一段落，論文執筆者先引用2003年日本財團法人國際交流基金《海外日本語教育之現狀》中的資料，導出在台灣的日本語教育，是以高等教育為主的現況。這種引用資料來說明現況，是切入主題的專業好方法。

而第二段落，論文執筆者又引用2006年日本財團法人交流協會發行《いろは》第22號中，由堀越和男、余啟夫彙整的台灣學習日語人口的比例。特別是堀越和男、余啟夫兩位引用了日本財團法人國際交流基金統計的2005年度，報名參加日本語能力測驗人數的具體數據與總人口比例，證明2005年學習日語的台灣人口比例是全世界之冠，所以更具說服力。

　　此兩段落的引用資料以及具體數據的方式，值得參考學習。同時直接將圖表嵌入專題報告或學術論文當中，除了具有客觀性、說服力之外，更可以增加專題報告或學術論文的質感、可信度。第8課，將安排此方面的進一步學習。

第4課

撰寫專題報告或學術論文的各個重要階段

學習重點說明

➲ 撰寫專題報告或學術論文的思考方向。

➲ 各個重要階段工作重點以及技巧應用。

➲ 各個重要階段可能使用的論述技巧。

在第3課學習了利用增加引用文獻、資料，將偏重感想的作文，提升至專題報告或學術論文的層級之後，本課將先認識撰寫專題報告或學術論文的各個不同階段，並提醒各個階段的重要論述技巧，讓讀者能實際應用於撰寫專題報告或學術論文之上，並使專題報告或學術論文能層次分明。本課偏向概念的思考，難度稍微增加一些，但不用擔心，會盡量用簡單的辭彙來說明，各位一定可以跟上進度。

一、撰寫專題報告或學術論文的各個不同階段

訂定專題報告或學術論文題目而至開始動筆論述之際，約莫會歷經「收集資料→閱讀資料→過濾、統整資料→鋪陳」等階段。茲將各階段以及可以應用的方法提示如下：

圖1　各個重要階段以及應用的方法

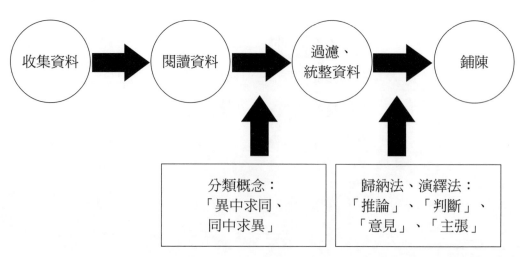

以要論證某某人是不是美女的議題為例做說明。

此時可以參照「收集資料→閱讀資料→過濾、統整資料→鋪陳」等階段的程序，先大量欣賞美女圖，再導入分類或時代區分的概念，從中分類出「美女」跟「非美女」兩個群組，或者是不同時代的「美女」群組。可能的話，把握「異中求同、同中求異」的原則，找出「美女」組、「非美女」組中的差異。到此為止的階段，就是完成了過濾、統整資料的工作。

接下來就將某某人的特徵，與分類中的「美女」與「非美女」的特徵做比對，再利用鋪陳等程序，就可以客觀導出某某人是不是美女的答案。

這樣導出來的論調，應該可以普遍地被接受。縱使有人不喜歡你個人，但也無法反對你導出的「某某人是不是美女」的結論，因為你所言所說都是有憑有據，且論述過程有條理、具邏輯推論，因此該主張可以獲得多數人的共鳴與支持。

茲將以上的說明，簡單圖示如下：

圖2　論證過程

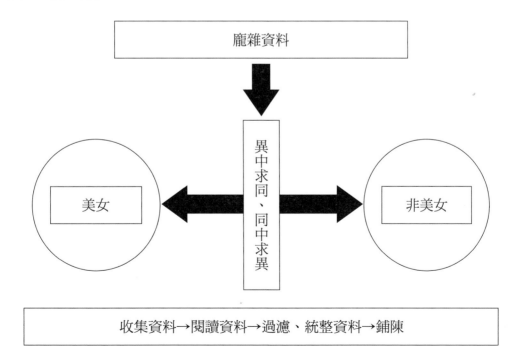

接下來，再以用「歸納法」或「演繹法」論證某某人是不是美女的議題為例做說明。首先，從「歸納法」的論證模式來看。

（一）歸納法：彙整→分類→鋪陳→結論

圖3　「歸納法」的論證過程

　　接著看「演繹法」的論證模式。

（二）演繹法：結論→檢視→印證→結論

圖4　「演繹法」的論證過程

「歸納法」或「演繹法」都是常見的論證方式，到底兩者有什麼明顯的差異呢？比較圖3與圖4，不難看出兩者間最大的差別在於什麼時候帶出結論。使用「歸納法」方法時，是先彙整、分類、鋪陳之後再導出結論；而使用「演繹法」方法時，是陳述了結論，再呈現檢視、印證過程。「歸納法」常見於人文社會科學領域，而「演繹法」常見於自然科學領域。有關「歸納法」或「演繹法」的講解，可參考本書姊妹作《我的第一堂日文專題寫作課》第12課或本書第9課。

二、各個重要階段的工作重點以及技巧應用

明確區隔出各個重要階段之後，可以利用下面提示的技巧來加強論述，增加論述的可信度。茲將各個階段的工作重點以及應用的技巧，提示如下：

表1　各個階段的工作重點以及應用的技巧

撰寫專題報告或學術論文的各個不同階段	工作重點	應用的技巧
收集資料	勤跑圖書館或上網查詢資料。切記要先有明確的主題，才有利於資料的蒐集。	工欲善其事，必先利其器，誰最會蒐集資料，誰就贏在起跑點。特別是網路資訊發達的時代，擁有電腦技能專才會有加倍的效果。
閱讀資料	勤於閱讀並增加閱讀速度。	科技技能之外，還要有快速閱讀日文文獻的能力。培養此土法煉鋼式的閱讀能力非一朝一夕，懂得持之以恆的人就是贏家。
過濾、統整資料	利用建檔資料，提升工作效率。	建立分類概念，把握「異中求同、同中求異」的原則進行作業。詳細內容請參閱第9課。
鋪陳	有層次感、因果關係明確、論述有條理、具邏輯推論。	把握「歸納法」或「演繹法」的大方向，進行「推論」、「判斷」、「意見」、「主張」等階段性的論述鋪陳。有關論述鋪陳的詳細內容，請參閱第7課。

從上述各個階段工作重點，總括出「引用→推論→判斷→意見→主張」的流程。一個論點的鋪陳，使用一次鋪陳程序，此為第一回合的論述。而集合數回合「引用→推論→判斷→意見→主張」的流程，就可架構起全篇專題報告或學術論文的論述。這是論述的重要主幹，只要紮實支撐起來，整體的論述就相對客觀、富有邏輯性。當在進行論述時，不妨隨時將「引用→推論→判斷→意見→主張」整體流程謹記在心，並試著使用看看，一定可以達到絕佳的效果。簡單將「鋪陳的程序」圖示如下：

圖5　鋪陳的程序

另外，在「引用→推論→判斷→意見→主張」的流程中常會用到的日文表達方式，將於第7課做說明。而應用技巧的論證方式，則在第8、9、10、11課有詳盡的解說。若能好好使用這一整套鋪陳方式，將使你的論述臻於更客觀的境界。

練習題（一）

請應用分類、論證的概念，將美女分類為「美女」與「非美女」，再將適當的詞彙填入表格空白處。並用日文，表達出西洋與東洋的「美女以及非美女」的差異。

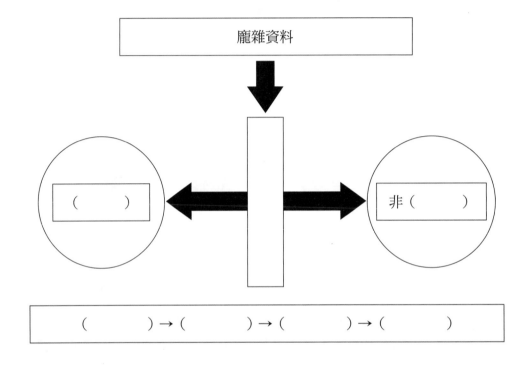

練習題（二）

表達一個論點，須用一回合的論述來鋪陳，讓論點的成立更加合理、客觀，因此需要完整的鋪陳程序。請在下表中填入鋪陳程序，之後再用日文表達出來。

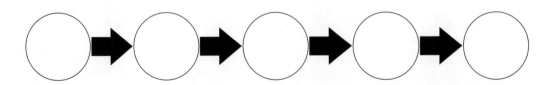

第5課

「序論」的寫法

學習重點說明

➲ 撰寫「序論」時須注意之要項。

➲ 「序論」之範例。

在第1課，我們已學習「從研究計畫書發展成專題報告或學術論文的組織架構」，相信現在大家對於論文寫作，已有初步的了解。而本課的學習重點在於提醒大家，當要開始動筆撰寫專題報告或學術論文的「序論」時，要注意哪些要項。除此之外，也提供撰寫「序論」的範例作為參考。

一、撰寫「序論」時須注意之要項

專題報告或學術論文基本組織架構的第一部分為「序論」。撰寫序論時，格式的處理上，有以下五點須注意。

表1　撰寫「序論」在格式上的注意要項

序論包含要項	處理方式	注意事項
（一）序論 （二）節次 （三）實際內容	1.「序論」兩個字列在第一行。 2. 空二或三行之後，列出節次標題。 3. 節次標題的下一行開始撰寫文章內容。段落開始須空一格。 4. 第一個節次文章內容結束之後，空二或三行，再列出下一個節次的標題。 5. 空二或三行之後，要列出下一個節次的標題時，剛好遇到換新的一頁的第一或二行的情況，可以將節次的標題挪至新的一頁的第一行。	1. 使用的字體大小為：「序論」標題＞節次的標題＞文章的內容＞註腳。這樣才會有所區隔。 2. 使用字型為MS Mincho體較為理想。 3. 標題可以靠左或置中。擇一之後，後面的節次標示依此統一較妥。 4. 全書從此處開始用阿拉伯數字依序編頁碼。 5. 為了便利閱讀，建議註腳選擇用「脚注」方式標示。全篇統一較妥。 6. 換頁時，無論任何情況皆不須空行，直接從第一行開始撰寫。

至於注意事項，有六點說明如下：

第一點，使用的字體大小為：「序論」標題＞節次的標題＞文章的內容＞註腳。例如文章的內容是11級字的大小，節次的標題可以考慮用12級字的大小，那麼「序論」兩個字就應該用14級字的大小，還有註腳就應該小於11級字的文章內容，建議使用10級字的大小。要讓此四者在視覺上，呈現出大小的區隔，會比較妥當。

第二點為使用的字型。日文文章習慣使用MS Mincho體字型。

第三點為標題的位置。可以選擇「靠左」或「置中」。切記如果「序論」處選擇了「靠左」方式，那麼「本論」也要使用「靠左」方式，而「結論」處，當然也要統一使用「靠左」方式。這麼一來，整本專題報告或學術論文才會呈現整體感。

第四點為頁碼的標示。全書的頁碼應該從此序論處開始標記起。原則上目次頁與圖表一覽頁不用編列頁碼，但如果目次頁與圖表一覽頁的頁數不少的話，可以從「目次」開始用「羅馬數字」編列頁碼，而自「序論」開始至整本論文的最後，則另外啟用「阿拉伯數字」編列頁碼。建議頁碼列於各頁最下面的中間位置。

第五點為註腳的標示方式。為了便利閱讀，建議註腳選擇用「脚注」方式標示較宜。如果審查單位（例如指導老師或投稿的期刊雜誌）有特別規定，就要以符合該規定為優先考量。如果沒有的話，依本書的建議事項來完成專題報告或學術論文，保證能獲得外界的讚賞。

第六點為空行的問題。一般而言，上個節次的內容與下個節次標題之間，須空二或三行做區隔。但如果要列出下一個節次的標題時，剛好遇到換新的一頁，若按照空二或三行的原則來進行的話，會變成新的節次就落在新的一頁的第一或二行。由於沒有新的一頁是空二或三行才開始，於是此時可以將節次的標題挪至新的一頁的第一行。這種處理方式，適用於任何情況。總之，新的一頁就是要從第一行開始撰寫。只要把握住這個原則，就不會錯了。

二、「序論」參考範例

　　以下的範例1，是劉于涵同學剛考上研究所時所寫的畢業論文，題目為「漱石の『こゝろ』における「静」の人物像──「静」の身体表現から見て──」。請參考其中「序論」的部分。

範例1

序論

第一節　研究動機

　　三年生の「日本名著選読（一）」という授業で、はじめて夏目漱石の作品『夢十夜』に接した。読んだのはその一部分だけではあったが、漱石の理路整然たる文章に心を打たれ、もっと多くの小説を読んでみたくなった。その後、四年生の「日本名著選読（二）」の授業で、漱石の代表作とも言える『こゝろ』の発表を担当し、漱石の相関資料を調べた。それで、一通り漱石の生い立ちや作品の作風を知ることとなった。

　　漱石の多くの作品の中でも、高校の教科書に掲載されている『こゝろ』は、「人との結びつきを求めながらも、ほとんどその通りにはいかぬ、人間というものの心の実体を凝視した作品'と言われている。それに、『こゝろ』の「先生」と同じ「明治に生まれ、明治を生きた」漱石は、明治天皇の崩御と乃木大将の殉死という事件に影響され、「第二の三部作」とされる『彼岸過迄』、『行人』、『こゝろ』の中で、人間の深いところ

'　高橋洋二編（1980）「こゝろ」『夏目漱石』平凡社P2

にあるエゴイズム[2]と、人生への真面目な対処[3]などを描いている。それゆえ、『こゝろ』の中では、「先生」がもっとも吟味すべき人物像であり、その一方でまた、「静」と「K」との三角関係もよく注目される。

　ところが、物語の中では「静」自らの声は殆ど聞こえず、ただ「私」の目に映った「先生」の「奥さん」としての「静」及び、「先生」の目を通して見た若い「御嬢さん」と「妻」としての「静」の姿が見られるだけである。このことから、「私」と「先生」の目を通じて見た仕草や表情、言葉から浮かぶ「静」の性格と隠された意識に深く興味を抱くようになった。そこで、本研究では、『こゝろ』における「静」の身体表現に焦点を当てて、「静」の人物像を研究することにした。

第二節　先行研究

　鶴田欣也は、「静」と「先生」の夫婦関係、すなわち二人の「心」の「距離」に関して、以下のように主張している。

　　　静は先生から疎外されていると言うのに、一方先生は静を愛しているし、彼女との生活は幸福だと言っている。しかし、先生のこういう言葉は全体的に見た先生の言葉や行動に照らし合わせてみると、そらぞらしく聞こえる。疎外されている妻との生活が幸福であるわけはない。夫と妻の間には真の理解が存在しなかった[4]（下線部分は筆者に

---

[2] 伊沢元美（1981）「明治の精神と近代文学——夏目漱石「こころ」をめぐって——」『日本文学研究資料叢書　夏目漱石』有精堂P228－229

[3] 高橋洋二編（1980）「こゝろ」『夏目漱石』平凡社P21

[4] 平川祐弘・鶴田欣也（1992）「テキストの裂け目」『漱石の『こゝろ』どう読むか、どう読まれてきたか』新曜社P223－P230

よる。以下も同様）。

　鶴田欣也の論点は大変納得できる。「先生」は最後まで「静」に自分の苦しみの理由を打ち明けるつもりがないという点から見ると、この二人の間には触れられていない「黒い影」が存在していると推論できる。しかし、「疎外されている妻との生活が幸福であるわけはない」と言う点については、十分に究明されたとは言いがたい。

　確かに「静」も「先生」も、相手に自分の考えを話したことはなかった。無論、文脈から見ると、「静」は一度「私」に「先生は世間が嫌なんでしょう。世間というより近頃では人間が嫌になっているんでしょう。だからその人間の一人として、私も好かれるはずがないじゃありませんか」[5]と言っているが、「静」も「私は嫌われてるとは思いません。嫌われるわけがないんですもの」[6]と言ったことがある。そして、「私」と対話している時、いくら悲しくても、「先生」が帰るとすぐ笑顔で、調子よさそうに先生と話した。以上のような「静」の行動の理由については、まだ完全に解明されているとは言いがたい。

　また、「先生」は「静」に本心を打ち明けるつもりがない一方で、自身の寂寞感もだんだん増していっている。そのため、「先生」と「静」との間にある「黒い影」が、さらに色濃くなってしまうという可能性も高いと言えるのではないかと考えられる。鶴田欣也は何年も「先生」を困らせた寂寞感について、以下のように述べている。

　　実は先生の寂寞感の発生地は自分の妻であった。というのは、妻の

---

[5] 夏目漱石（1966）『漱石全集　第六巻』岩波書店P48－49
[6] 夏目漱石（1966）『漱石全集　第六巻』岩波書店P48－49

存在そのものが自分がいかにエゴイズムの塊であったかを思い出させ
るものであったからである。「私は妻と顔をあわせているうちに、卒
然Kに脅かされるのです。つまり妻が中間に立って、Kと私を何処迄
も結びつけて離さないようにするのです」と言っている[7]。

　実際、鶴田欣也の論点は「先生」の立場に立って、「先生」を困らせ
た寂寞感を詳しく論じたもので、その主張にはそれなりに一理あると認め
られる。「先生」は毎日「静」を通して、自分のために自殺した「K」の
存在を感じている。同時に、「静」によって昔のことを思い出してしまう
結果になり、「先生」の側から言えば、「静」の存在自体が夫婦二人の距
離を縮めようとしても縮められない原因になっていることが指摘されてい
る。

　ところが、その一方で「私」に「その位先生に忠実なあなたが急に居な
くなったら、先生は何うなるんでしょう」[8]と聞かれた時、「静」は「先
生は私を離れれば不幸になる丈です。或いは生きていられないかもしれま
せんよ。そういうと、己惚れになるようですが、私はいま先生を人間とし
て出来る丈幸福にしているんだと信じていますわ。どんな人があっても私
程先生を幸福にできるものはないと迄思い込んでいますわ」[9]と自信満々
で答えた。このように、実は「先生」と「静」との間の絆は極めて深く、
かつ強く、一言では描きつくせないものとなっており、問題は単純ではな
い。

　更に、水田宗子は日本近代文学において、男は女を通して自分の内面の

---

[7] 平川祐弘・鶴田欣也（1992）「テキストの裂け目」『漱石の『こゝろ』どう読むか、ど
　う読まれてきたか』新曜社P223－P230
[8] 夏目漱石（1966）『漱石全集　第六巻』岩波書店P48－49
[9] 夏目漱石（1966）「こゝろ」『漱石全集　第六巻』岩波書店P48－49

奥を深く発見するという定律、また、〈女〉＝〈家庭〉について、以下のように論述している。

　　男の世俗的成功の将来性に投資する雌の罠にかかってしまったことを知った先生は、世間を捨てて、世俗の世界ならば申し分なく幸福なはずの家庭から逃走する。先生は世間から家庭へ逃げていったのではなく、世間から逃れることはお嬢さんのいる家庭から逃れることだったのである。しかし、家庭の外に〈私〉の領域、内面の世界を見出すことも、またそこに導く〈女〉を求めることもしない先生にとって、家庭＝妻からの逃走先は死以外になかったはずである。（中略）先生は自らの内面を私に託すが、その先生の内面はお嬢さんも含んでいた。家庭＝お嬢さんからの逃走は、自らの内面からの逃走でもあった。先生の内面は、お嬢さんという〈女〉と不可分なところにあり、お嬢さんが世俗であることがわかったとき、先生の内面も死んだのである[10]。

　すなわち、その時代において「女」は「世間」と対立する「私」の領域に属していた。「先生」は人間不信によって「世間」の領域から「静」或いは「家庭」という「私」の領域へ逃げようとしたが、そのことによって却って「静」を通して自分の内面を明らかに凝視しなければならなくなってしまった。更に、「家庭」という「私」の領域へ逃げようとした結果、逆に「静が世俗である」ということを感じ取らざるをえなくなったとも言える。このことから、「先生」は行き場を失い、生きている望みもなく

---

[10] 水田宗子（1993）「女への逃走と女からの逃走——近代日本文学の男性像」『物語と反物語の風景——文学と女性の想像力』田畑書店P69

なってしまったという「先生」が死に到る不可避の構造が指摘されている。言い換えれば、「静」に本心を打ち明けるつもりもなく、あえて「静」とはなるべく距離を置こうとするという遣り方は、実はこうした死に到る構造を自覚しつつあった先生が、少しでも自分と「静」の家庭を守ろうとしためであると言っても過言ではない。

　以上見てきたように、今までの多くの研究を踏まえた上で、本論文では「静」の身体表現から見た人物像をテーマにして研究を進めて行きたい。

第三節　研究内容及び研究方法

　本論文は漱石の第二の三部作である『こゝろ』の「静」を研究対象とし、具体的な研究内容を「静」の仕草や言葉、そこに隠された性格、表した表情に限定する。なお、『こゝろ』は三人称の立場から語る物語ではない。上巻・中巻では「私」が第一人称の人物として先生との付き合いの経過を述べており、下巻では「先生」が遺書の形式で自分の過去を語っている。したがって、本論文では、主として「私」と「先生」との目を通して見た「静」の人物像について分析したい。研究方法としては、主に文献調査法によって行う。以下の三つのステップを踏まえた上で、「静」の人物像を考察し進めて行きたい。

1. まず、「初対面」、「Kの下宿」、「結婚」という三つの重要事件により前期・中期・後期を区分し、「先生」の目を通して、お嬢さんの「静」と妻になった「静」とを対照しながら、それぞれの時期の「静」像を分析する。

2. 次に、前述した時期区分に基づいて、「私」の目を通して見た「静」に関する描写を通して、そこに見られる「静」の仕草と言葉の意味を分析する。

3. それから、第一点と第二点で得た結果を比較対照し、視点を「静」の「笑い」と「涙」に絞って、その表情や心境を解明しながら、『こゝろ』の中から浮かび上がる「静」という女性の人物像を、概括的に見極めていく。

4. 最後に、前の三つのステップで明らかにしたものを、様々な先行論究と照らし合わせながら、当時の時代背景と社会意識をも加え、『こゝろ』の中の「静」の人物像を明らかにしていく。

このように、「私」と「先生」との目を通して「静」の人物像を明らかにしたいのである。

　撰寫範例1的學生，是第一次撰寫論文，所以在文章表現或研究步驟、論點的鋪陳上，老實說難免有一些生澀、不順暢的感覺。然而這些都瑕不掩瑜，因為就短短的日文學習或研究經歷而言，能撰寫出如此有系統的論文，真的不容易，也相對地非常出色。相信假以時日，必是可造之材、明日之星。

　以下的範例2，為何浩東同學碩士論文中的「序論」部分。論文題目為「三角関係に陥った男性主人公の恋の行方──夏目漱石の前三部作を中心に──」。請參考其中的「序論」部分。

範例2

序論

第一節　研究動機

　漱石文学について、大岡昇平は「彼の作品には姦通、もしくは一人の女をめぐる男の争い、いわゆる三角関係が多いのはだれしも気付くこと」[1]と指摘している。漱石の長編小説の中で『三四郎』（明治四十一年）、『それから』（明治四十二年）、『門』（明治四十三年）の三作品は、前三部作と呼ばれている[2]。漱石の前三部作について批判している「一つ一つの作品は、それ自体独立性を持っているわけで、三部作として常に一緒に読まなければ、鑑賞あるいは意味が受け取れないのでは少しまずいと思います」[3]という佐谷純一郎のような論点もあるが、三部作にはさまざまな共通点があり、それを一緒に整理して比較するのは、それなりの価値があると言えよう。

　実は、前三部作の男性主人公達は、みな三角関係に陥った点で共通しているのである。『三四郎』の主人公三四郎と野々宮は、美禰子に心を引かれたが、結局美禰子は兄の友人と結婚してしまった。『それから』の主人公代助は、親友平岡の妻三千代を愛していたことに気付き、縁談を拒否し、父親に見放された。最後の『門』の宗助は安井から御米を奪ってから、二人で心の余裕のない生活を送っている。このように見ると、前三部

---

[1] 大岡昇平（1991）「姦通の記号学──『それから』『門』をめぐって」『群像日本の作家1夏目漱石』小学館 P48
[2] 高田瑞穂（1984）『夏目漱石論──漱石文学の今日の意義』明治書院 P185
[3] 佐谷純一郎（1993）『夏目漱石の文学』潮文社 P84

作で三角関係に陥った男性の恋の行方は、いずれも円満な結末を迎えたとは言いがたい。

　さらに、三角関係に陥った男性主人公達の背景と生きていた明治の時代状況も、その行方を左右する要因の一つだと考えられる。時間的に見れば、前三部作とも明治四十年代前半に完成された作品である。

　また、三角関係に陥った男性主人公達の、恋愛を重視する時代背景も似ている。「恋愛を内発的自然などと考えずに、文化として捉えて分析している」[4]と、内発的な自然の一面だけではなく、文化としての恋愛に関する時代背景を小谷野敦が示唆している。片岡良一も「内部的検証は、外から人間を支配する客観的条件の検討と、決して切りはなされたものであってはならぬということである」[5]と指摘している。

　以上のように見ていくと、単純に恋愛の視点から漱石前三部作を分析するだけではなく、性格や考え方などの「内在的な心理」、職業や個人的な境遇などの「外在的な状況」が、三角関係に陥った男性主人公達の恋の行方にどのように関与していたのかは、究明すべき前三部作の大きな課題である。

第二節　先行研究

　前述したように、前三部作の中には、男女の三角関係の主題がよく見られる。まずは『三四郎』の場合である。内田道雄は、主人公三四郎について「己惚の強い青年」[6]という性格特性を指摘している。では、三四郎と

---

[4] 小谷野敦（1998）「妾の存在意義──『それから』をめぐって」『漱石研究第十号』翰林書院 P127

[5] 片岡良一（1991）「『門』」『漱石作品論集成第七巻』桜楓社 P16

[6] 内田道雄（1998）「三四郎論──美禰子の問題──」『夏目漱石──『明暗』まで』おうふう P133

美禰子との間には恋愛感情が生まれていたのか、あるいはただ三四郎の「己惚」にすぎなかったのか。もちろん、三角関係に陥ったもう一人の男性野々宮の存在も大事である。また、三四郎と野々宮が恋愛に導かれた原因を探求する前に、彼等の性格や現実的な状況を究明する必要がある。熊本から上京した主人公三四郎の性格について、三好行雄は以下のような論点を提出した。下線部分は全て論者による。以下同様である。

　　三四郎には、あらかじめ性格を与えられていない。小説の進行にともなって性格が形成されていく。「眼が覚め」たときの三四郎には、いまのところ、性格といえるほどのものは与えられていないのである[7]。

　上記の通り、三四郎の内在的な性格は、周りの外在的な状況に影響される可能性が高い。では、三四郎の経歴や境遇は、彼の性格にどんな影響を与えたか。この疑問は探究する価値があろう。

　次は『それから』と『門』の場合である。熊坂敦子は『それから』について次のように述べている。

　　現在の代助は、過去の偽りを訂正しなければ「自己に対して無能無力」であり、真に生きることはできないと悟るに至る。この過去を重くひきずるために、過去を掘り起こさなければならないというモチーフは、その後の作品『門』『こころ』『明暗』などに引き継がれ、過去を掘り下げるとき、必ず三角関係のもつれた姿もからまってくるように設定されている[8]。

---

[7] 三好行雄・平岡敏夫・平川祐弘・江藤淳・江草忠敬編（2004）『講座夏目漱石第三巻 漱石の作品（下）』有斐閣 P4
[8] 熊坂敦子（1991）「『それから』──自然への回帰──」『漱石作品論集成第六巻』桜楓社 P67

引用に示唆されたごとく、『それから』と『門』の三角関係に陥った男性主人公達の恋の行方は、彼等の過去と深く関わっている。玉井敬之も『門』について「過去の事件に脅かされる夫婦の物語」[9]と指摘している。要するに、『それから』と『門』で三角関係に陥った男性の恋の行方を探究するためには、過去と現在を比較して、彼等が好きな女性との関係、及び自身の内在的な心理や外在的な境遇の変化への究明を必要とするのである。

　一方、男性主人公達の個人的な身分や境遇、及び明治当時の時代背景など外在的な状況も、前三部作を貫く重要なポイントだと考えられる。大学関係者という身分は、前三部作の男性主人公達の一つの共通点である。当時の学歴の重要さについて、天野郁夫は以下のような論説を展開している。

　　身分制度が廃止され、四民平等となった「文明開化」の世の中で、これら「知識職業」が自動的に親から子へと世襲されることはなくなった。これらの職業に就きたいと思えば、まず教育をうけ、一定の資格を手に入れなければならない。教育が生計の手段になりうることを、これほどはっきり思い知らせてくれる職業はない。しかも、これらの職業が与えてくれる収入や威信は、いまとはくらべものにならぬほど高かった[10]。

　引用の「知識職業」とは「官公吏、教員など俸給生活者」[11]を指している。つまり、当時の社会的地位は学歴と関係しているのである。では、大学に入ったばかりの三四郎にとって、大学の教授であり高い社会的地位を

[9]　玉井敬之（2004）「『門』野中夫婦の行方」『漱石研究第十七号』翰林書房 P110
[10]　天野郁夫（1992）『学歴の社会史——教育と日本の近代——』新潮社 P48
[11]　天野郁夫（1992）『学歴の社会史——教育と日本の近代——』新潮社 P48

持つ野々宮は、どのような意味を持つ人物だったかについて、一柳広孝が次のように指摘している。

　　野々宮は、三四郎の東京における可能態であり、三四郎の未来を指示する道標でもある。だとすれば、三四郎が欲していたのは美禰子ではなく、美禰子という鏡に映った野々宮だったのかも知れない[12]。

　三四郎が野々宮を理想像として望んでいたかどうかは、本論で探究すべき課題である。一柳広孝の論点によれば、野々宮は三四郎の理想像であり、三四郎の考えに影響を与えた可能性が高いことが明らかになった。また、「学校からは無論棄てられた」（P534）とあるように、元大学生だった宗助は、御米と結婚するために大学をやめた。こうして見れば、大学関係者は三部作の男性主人公の共通点というだけではなく、彼等の恋の行方や前途にも影響を与えた大きな要因の一つであろう。

　学歴に支配される男性像の一方で、小森陽一は『三四郎』に描かれた女性について、以下のような論点を持っている。

　　美禰子が日露戦争後の「現実世界」を生きていくためには、結婚するしか方法がなかったのです。「汽車の女」がそうであったように、男の職業がもたらす経済的支えなしに、自立しうる職業が社会的に与えられていなかった「女」たちは生きていけなかったのです[13]。

　ここから、明治時代における女性の社会的経済的地位の低さと、このような家父長制度を支える戸主（夫）の、経済基盤の重要さを窺うことがで

---

[12] 一柳広孝（1994）「『三四郎』の東京帝国大学」『漱石研究第二号』翰林書房 P52
[13] 小森陽一（2006・初出1995）『漱石を読みなおす』筑摩書房 P191

きる。こうして見れば、『三四郎』だけではなく、同じく明治四十年代に完成され「金銭と愛情の二極に引き裂かれた男女の物語」[14]と評価される『それから』、窮屈な夫婦生活を描写する『門』の場合においても、三角関係に陥った男性主人公達の経済的な条件が彼等の恋の行方を大きく左右することは容易に推測できる。

　また、社会的経済的地位について石原千秋は『それから』について「もう一つサブ・ストーリーとでも言うべきものが仕組まれていて、それは代助と実家長井家との関係のこじれである。『それから』は「代助が長井家から放逐される物語」でもあるのだ」[15]と指摘している。『門』についても、石原千秋は「「廃嫡に迄されかかつた」（四）長男が主人公になっているだけに、＜家＞と自我との関係はさらに微妙にねじれている」[16]と示唆している。この二つの論説から見れば、家父長制度の下での戸主権力の大きさは、『それから』と『門』において三角関係に陥った男性主人公達の恋の結末を左右する、もう一つの主要因になるであろう。

　最後に、『門』で三角関係に陥った安井は、宗助と御米に裏切られた後、一人で満洲に渡った。こういう安井の境遇について、押野武志は以下のように述べている。

　　果たして安井が、二人のせいで身を持ち崩したと言えるのか。その後の安井の行き方が自分たちのせいであるとする罪悪感は傲慢ですらある。御米と別れた安井は幸せでなかったと誰が言えるのか。「冒険者」になることが身を持ち崩すことなのか。『彼岸過迄』（明治四十五年）の敬太郎のように「冒険者」になることは、男たちの憧れ

---

[14]　小森陽一（2006・初出1995）『漱石を読みなおす』筑摩書房 P156
[15]　石原千秋（2004）『漱石と三人の読者』講談社現代新書 P190
[16]　石原千秋（1997）『反転する漱石』青土社 P300

ではなかったのか[17]。

　以上の引用からは、宗助が安井に対して感じた罪悪感が窺える。その罪悪感が生じた理由は、安井の前途を妨げた恋愛事件と深く関わっている。宗助の安井への罪悪感は、彼と御米の結婚生活に何らかの影響を与えたといえるか。その一方で、はたして満洲へ行くことは不幸な結果になることに決まっているのか。この部分について、北川扶生子は「満州で生活する安井を堕落していると決めつける宗助には、帝国主義体制のなかの日本の位置、すなわち欧米列強への羨望と擬態、植民地アジアへの排除と忌避のまなざしが、見事に構造化されている」[18]と論じている。満州へ行くという安井の境遇は、宗助に言わせれば不幸そのものであろう。しかし、満洲に渡った安井は、その後どのように発展していくのか。『門』の三角関係に陥った男性主人公の恋の行方を探究するために、当時植民地に進出した人たちの境遇や行く末は、考える必要がある課題であろう。

　上述のように、従来の研究でも前三部作における男性主人公達の内在的な心理、及び当時の時代状況を含め外在的な状況が恋の行方に与えた影響は注目されてきたが、それらは前三部作を一貫した視点で扱かってきたわけではなかった。そこで、本論文では、当時の時代背景だけではなく、男女の三角関係に陥った男性の内在的心理と外在的状況が恋の行方に与えた影響という視点から、総合的に前三部作の男性の三角関係の経過と結末を分析し、そのような結果に到った背景と理由を考察することで、彼等の共通点を究明して行きたい。

---

[17] 押野武志（2004）「「平凡」をめぐる冒険　『門』の同時代性」『漱石研究第十号』翰林書房 P37

[18] 北川扶生子（2004）「失われゆく避難所『門』における女・植民地・文体」『漱石研究第十七号』翰林書房 P85

第三節　研究方法及び研究内容

　本論文は、漱石文学でよく描かれる男女の三角関係に陥る男性主人公達の恋の行方をテーマに、三角関係に陥った男達の「内在的な心理」と、彼等の身分、境遇などの「外在的な状況」という二つの視点から、彼らのそれぞれの恋の行方が決まっていった理由、原因を明らかにするものである。また、本論文では明治当時の社会的背景も「外在的な状況」に加え、彼等の恋の行方に与えた影響を究明して見る。研究範囲としては、漱石の前三部作『三四郎』、『それから』、『門』に限定する。各作品の内容によって、三角関係に陥った男性達に合わせて、社会状況をその都度指標として使う。

　本論文では、以上の点から以下のような章立てで論述を進める。

1. 第一章では、まず『三四郎』で三角関係に陥った野々宮、三四郎それぞれの美禰子との付き合いを取り上げ、それぞれの美禰子との関係をまとめる。美禰子との遣り取りによって、彼等の内在的な心理も分析する。そして、社会的背景として明治当時の大学生が全人口中で占めた比率、大学教授の収入や社会的地位などを調べる。こうして野々宮と三四郎の内在的な性格と外在的な状況を比較することによって、彼等の恋の結末に到った理由と原因を究明する。

2. 第二章では、まず『それから』の中で、三千代に再会する前後の、三角関係に陥った三人の互いの関係、及び二人の男の三千代への気持ちの変化を取り上げて比較する。続いて、職場に関して、大学卒業の安井の優勢、家父長制度に縛られた宗助の現実的な状況をも調べる。以上を踏まえて、内在的な心理と外在的な状況が彼等の恋の行方に与えた影響を究明する。

3. 第三章では、まず『門』の中で宗助が御米を奪う前後について、宗助と安井の内在的な心理、外在的な境遇の変化を取り上げて比較する。続いて、当時家父長制度の下での戸主の権力、大学卒業者の優勢、植民地進出する人たちの状況など社会状況をも調べる。以上のような手順で、内在的な心理と外在的な状況が彼等の恋の行方といかに関わるのか、その関連性を究明する。

4. 最後の第四章では、上述のように考察してきたものを踏まえ、「内在的な心理」と「外在的な状況」が三角関係に陥った男性主人公の恋の行方に与えた影響を比較検討することによって、彼達の恋がそうした結末に到った理由と原因を総体的、なおかつ系統的に追究する。そして、男女の三角関係が終わった後、彼等がそれぞれの人生に向き合う発展の可能性や影響を整理する。

なお、本論文の表記についてであるが、テキストとした全集の表記に従った。しかし、作品の引用中にある二文字に渡る踊り字は、「それぞれ」のように還元することにした。

撰寫範例2的學生，大學時代就曾經寫過畢業論文，這是第二次撰寫。整體而言，比範例1通順許多。特別是第三節的「研究方法與研究內容」，直接介紹各章的內容，也提及記號標記的處理方式。運用這樣的手法來撰寫，更能呈現全篇論文的一體感。建議讀者可依自己目前的程度，把範例1或範例2當作範本來學習，是提升自我能力的不錯方法。加油！

 練習題

請參考上面所列的範例，試著撰寫一份符合自我設定題目的「序論」。

第**6**課

「本論」的寫法

學習重點說明

➲ 論文格式整齊、美觀的重要性。

➲ 處理「本論」的撰寫格式問題。

➲「本論」的撰寫模式。

➲「本論」在撰寫上常見的問題與處理方式。

本課在進入「本論」的文字撰寫之前，為了使整體論文看起來整齊、美觀，提醒讀者須先處理本論的「格式」問題，之後再透過注意修飾局部的技巧，讓人一眼光看格式，就覺得該報告或論文整齊、劃一，進而留下良好的第一印象，而給予高度的評價。所以整體格式呈現的整齊、美觀，是非常重要的。根據筆者的經驗，若常依此嚴格地要求學生並隨時提醒，學生所完成的專題報告或學術論文，在這一點上，也往往能獲得好評。

一、處理「本論」的撰寫格式問題

「本論」由數章以及數個節次組合而成。本書在第1課曾提及，「本論」的章節至少要安排兩章，最好是三章。接下來以編排三章為例，簡單敘述處理「本論」撰寫格式的問題，如下：

表1　處理「本論」撰寫格式的問題

本　論	處理方式	注意事項
第一章	1.「第一章加標題」列在第一行。 2. 空二或三行之後，列出「第一節加標題」。 3. 緊接著「第一節加標題」的下一行，空一格後開始撰寫日文文章。 4. 第一節結束後，空二或三行，列出「第二節加標題」。	1. 使用的字體大小為：章的標題＞節次的標題＞文章內容＞註腳。這樣才會在視覺上有所區隔。 2. 使用MS Mincho體字型。 3. 標題可以選擇「靠左」或「置中」。切記全篇專題報告或學術論文，僅能擇一方式處理，且全篇以形式統一為要。

本 論	處理方式	注意事項
第一章	5. 緊接著「第二節加標題」的下一行，空一格後開始撰寫日文文章。 6. 第二節結束後，空二或三行，列出「第三節加標題」。 7. 緊接著「第三節加標題」的下一行，空一格後開始撰寫日文文章。 8. 空二或三行之後，要列出下一個節次的標題時，如果剛好遇到換新的一頁的第一或二行的情況，可以將節次的標題挪至新的一頁的第一行。	4. 為了便利閱讀，建議註腳選擇用「腳注」方式標示。全篇專題報告或學術論文，依此統一為要。 5. 換頁時，無論任何情況皆不須空行，直接從第一行開始撰寫。
第二章	1.「第二章加標題」列在第一行。 2. 空二或三行之後，列出「第一節加標題」。 3. 緊接著「第一節加標題」的下一行，空一格後開始撰寫日文文章。 4. 第一節結束後，空二或三行，列出「第二節加標題」。 5. 緊接著「第二節加標題」的下一行，空一格後開始撰寫日文文章。 6. 第二節結束後，空二或三行，列出「第三節加標題」。 7. 緊接著「第三節加標題」的下一行，空一格後開始撰寫日文文章。	同第一章的注意事項。

本　論	處理方式	注意事項
第三章	1.「第三章加標題」列在第一行。 2. 空二或三行之後，列出「第一節加標題」。 3. 緊接著「第一節加標題」的下一行，空一格後開始撰寫日文文章。 4. 第一節結束後，空二或三行，列出「第二節加標題」。 5. 緊接著「第二節加標題」的下一行，空一格後開始撰寫日文文章。 6. 第二節結束後，空二或三行，列出「第三節加標題」。 7. 緊接著「第三節加標題」的下一行，空一格後開始撰寫日文文章。	同第一章的注意事項。

以下有五點提醒注意，此五點與「序論」的寫法處的提醒內容大同小異。

第一點，使用的字體大小為：章的標題＞節次的標題＞文章的內容＞註腳。例如文章內容是11級字的大小，節次的標題可以考慮用12級字的大小，那麼章的標題就應該用14級字的大小，還有註腳就應該小於11級字的文章內容，建議使用10級字的大小。要讓此四者在視覺上，呈現出大小的區隔，比較妥當。

第二點為使用的字型。日文文章習慣使用MS Mincho體。

第三點為標題的位置。可以選擇「靠左」或「置中」。切記如果「序論」處選擇了「靠左」方式，那麼「本論」也一定要使用「靠左」方式，而「結論」處當然也要統一使用「靠左」方式。這麼一來，全篇專題報告或學術論文才會呈現一體感。

第四點為註腳的標示方式。如果「序論」處選擇了「腳注」方式標示，全篇專題報告或學術論文就必須依此統一為宜。

第五點為空行的問題。一般而言，上個節次的內容與下個節次標題之間，須空二或三行來區隔。但如果要列出下一個節次的標題、又剛好遇到要換新的一頁時，此時如果按照空二或三行的原則來進行的話，會變成新的節次就落在新的一頁的第一或二行。由於沒有新的一頁是空二或三行才開始的，於是此時可以將節次的標題挪至新的一頁的第一行。這種處理方式適用於任何情況，總之新的一頁就是要從第一行開始撰寫。只要把握住這個原則，就不會錯了。

　　另外，表1所列的處理方式，是以安排三章、且各章中皆有三個節次為例。如果不是如此，可以依自己安排的章節數來做調整。

二、「本論」的撰寫模式

　　依據上述處理「本論」格式的重點，再根據第2課講述如何編排目次中所學習到的基本版與進階版兩種分類，揣摩出以下兩種模式。此兩種模式的差異，只在於是否將「はじめに」、「おわりに」另立標題而已。先來看看基本版模式。

基本版模式

第一章　タイトル

〜〜〜〜〜〜〜〜〜〜〜〜〜〜〜〜〜〜〜〜〜〜〜〜〜〜〜〜〜〜〜〜
〜〜〜〜〜〜〜〜〜〜〜〜〜〜〜〜〜〜〜〜〜〜〜〜〜〜〜〜〜。

第一節　タイトル

〜〜〜〜〜〜〜〜〜〜〜〜〜〜〜〜〜〜〜〜〜〜〜〜〜〜〜〜〜〜
〜〜〜〜〜〜〜〜〜〜〜〜〜〜〜〜〜〜〜〜〜〜〜〜〜〜〜。

第二節　タイトル

〜〜〜〜〜〜〜〜〜〜〜〜〜〜〜〜〜〜〜〜〜〜〜〜〜〜〜〜
〜〜〜〜〜〜〜〜〜〜〜〜〜〜〜〜〜〜〜〜〜〜〜〜〜〜。

第三節　タイトル

〜〜〜〜〜〜〜〜〜〜〜〜〜〜〜〜〜〜〜〜〜〜〜〜〜〜〜〜
〜〜〜〜〜〜〜〜〜〜〜〜〜〜〜〜〜〜〜〜〜〜〜〜〜〜。
〜〜〜〜〜〜〜〜〜〜〜〜〜〜〜〜〜〜〜〜〜〜〜〜〜〜〜
〜〜〜〜〜〜〜〜〜〜〜〜〜〜〜〜〜〜〜〜〜〜〜〜〜。

基本版範例

第一章　漱石文学における朝鮮への渡航者の意味

　漱石文学では、『門』（1910）の本多夫婦の息子や、『明暗』（1916）の小林のような、朝鮮に渡った人物が描かれることがよくある。当時の時代背景としては、「一九〇五年には朝鮮の外交権を剥奪して保護国にし、伊藤を長とした統監府を設置した」[1]。また、「一九〇八年の東洋拓殖株式会社設立、一九一〇年の日韓併合。こうした朝鮮植民地化のプロセスを背景に急増するのが朝鮮渡航・移住者」[2]である。そして、朝鮮への日本人渡航者数の変化については、以下のように述べられている。

　　一九〇五年九月に就航した関釜連絡船での朝鮮行の渡航者数は、初年度四ヶ月間で七三一七人であったのが、翌年には通年で五万一五八三人を数えている。この後も徐々に増加し、一九一〇年には七万三八五五人に上っている。また、朝鮮在住の日本人居住者人口は、一九〇六年の総数八万三三一五人から一九一〇年には十七万一五四三人へと倍増する[3]。

　さらに、木村健二は「併合時点（一九一〇年一二月末）の十七万余名の

---

[1] 小熊英二（2004・初出1998）『〈日本人〉の境界　沖縄・アイヌ・台湾・朝鮮植民地支配から復帰運動まで』新曜社 P148

[2] 中根隆行（2004）『〈朝鮮〉表象の文化誌　近代日本と他者をめぐる知の植民地化』新曜社 P72

[3] 中根隆行（2004）『〈朝鮮〉表象の文化誌　近代日本と他者をめぐる知の植民地化』新曜社 P72

第❻課　「本論」的寫法　109

在留者数は、当時の海外在留日本人中、最大規模のものになっていた」[4]と述べている。このように、帝国日本による朝鮮植民地化の進行にともなって、朝鮮への日本人渡航者が急増している様子が窺われる。こうした時代背景から見て、漱石文学における植民地言説を探究するためには、日本の新しい植民地となりつつあった朝鮮へ渡航する人物の行動を無視してはならないであろう。

　そこで、本章では朝鮮の統監府の仕事に赴く本多夫婦の息子と朝鮮の新聞社に雇用されることになる小林に、帝国日本による朝鮮植民地化のプロセスとどのような繋がりが見られるのかを明らかにしたい。そのため、朝鮮に行く本多夫婦の息子と小林が、植民地支配の社会状況とどのような関連を持っているかを考察し、彼らの朝鮮行きの行動が当時の社会で、どんな意味を持っていたのかについて明確にしたい。

第一節　『門』の本多夫婦の息子という人物

　『門』の第七章で、御米は宗助との夫婦生活を、「丸で前の本多さん見た様ね」（第六巻、P433）と言っている。「本多さん」というのは、宗助夫婦と「同じ構内に住んで、同じ坂井の貸家を借りて」（第六巻、P433）おり、「小女を一人使つて、朝から晩迄ことりと音もしない様に静かな生計を立てゝゐた」（第六巻、P433）「隠居夫婦」（第六巻、P433）のことを指す。ここから、同じ崖下の家でひっそりと暮らしている宗助夫婦には、本多夫婦と共通している様子も窺えるが、以下からは、両者の相違点が推察できる。

---

[4] 木村健二（1989）『在朝日本人の社会史』未来社 P7

~~~~~~
~~~~~~。~~~
~~~~~~。

第二節　『明暗』の小林という人物

　『明暗』の小林は、主人公の津田由雄とは古くからの知り合いである。本節では、まず、日本にいた小林の生活状況や社会的地位から、彼が朝鮮へ行く原因を考察する。次に、小林が朝鮮へ渡航した行動の意味と、日露戦争以降の朝鮮における植民地支配の背景との繋がりを探る。

~~~~~~
~~~~~~
~~~~~~。

　本章では、漱石文学において朝鮮へ行く人物が帝国日本による植民地支配から受けた影響を探究してきた。その結果を次のようにまとめる。

　まずは、『門』の本多夫婦の息子のことである。朝鮮に行く前の来歴は不詳であるが、彼は日本帝国が植民地統治のために朝鮮に設置した官庁であった統監府の役人として就職できた。そのことから、高等教育を受けたエリートである可能性は低くないであろう。また、彼は日本にいる両親に仕送りできるほどの経済的余裕を持っていることから、朝鮮での生活は決して窮屈ではなかったと見られる。さらに、統監府は朝鮮に対する外交権の剥奪や、内政干渉を積極的に実施している所なので、「韓国併合」に到るまでの、日本の朝鮮支配への野心が強く反映されている機関であったと言えよう。日本は朝鮮を統治するために、「一切旅券必要なし」という渡

航の便宜的政策によって、日本人の移住を奨励し、朝鮮における日本人勢力を拡大しようとしていた。朝鮮の統監府の仕事に赴く本多夫婦の息子はそのような背景下において、朝鮮における日本の支配権を確立しようとする勢力の一部を担ったと言えるであろう。

　次に、『明暗』の小林の生活状況や社会的地位から、彼が朝鮮に渡航する原因について考察した。彼は、日本国内での生活状況が貧しく、社会的地位が低いため、日本にいるのが厭になった。現状を変えたい小林は、朝鮮を立身出世の新天地として見ていると考えられる。また、彼を雇用する朝鮮の新聞社の状況を明らかにするため、当時朝鮮における植民地支配の背景を概観した。1910年から1919年まで、日本帝国主義は、朝鮮植民地化の初期段階で、「武断統治」という方針を実施したので、出版活動に対する弾圧が厳しく行なわれている状態にあった。その時期にあった朝鮮の新聞社は、総督府の施政方針に従い、日本帝国主義の「武断統治」という政策の宣伝を役割としていたと推測される。このような背景から見てみると、朝鮮の新聞社に行く小林は、朝鮮における日本の支配権を確立し強化するための、言論工作の一環としての役割を果たす結果になったと言えよう。

　～～～～～～～～～～～～～～～～～～～～～～～～～～～～～～～
～～～～～～～～～～～～～～～～～～～～～～～～～～～～～～～～
～～～～～～～～～～～～～～～～～～～～。

由於基本版模式沒有另立「はじめに」、「おわりに」兩個節次，所以第一章標題之後，在進入第一節之前的日文文章，就是在交代第一章要考察的目的。內容包含為了達成考察目的，將安排幾節、按照什麼方式進行考察等等。此一舉動，可以讓讀者在一開頭就明白此章安排的用意，也比較容易進入狀況。同樣地，第一章結束之前的一大段文章，就是彙整第一章考察的結果。切記必須讓考察目的與考察結果的內容，在某個程度能夠吻合才好。再參考基本版範例，應該會更加清楚。附帶一提，說明文中的「～～～」，是表示日文文章的內容。

接下來和進階版模式與進階版範例比較看看，可以看出有什麼不同嗎？

進階版模式

第一章　タイトル

第一節　はじめに

　　～～～～～～～～～～～～～～～～～～～～～～～～～～～～
　～～～～～～～～～～～～～～～～～～～～～～～～～～～～～～。

第二節　タイトル

　　～～～～～～～～～～～～～～～～～～～～～～～～～～～～
　～～～～～～～～～～～～～～～～～～～～～～～～～～～～～。

第三節　タイトル

　　～～～～～～～～～～～～～～～～～～～～～～～～～～～
～～～～～～～～～～～～～～～～～～～～～～～～～～～。～～～
～～～～～～～～～～～～～～～～～～～～～～～～～～～～～
～～～～～～～～～～～～～～～～～～～～～～～～～。
　　～～～～～～～～～～～～～～～～～～～～～～～～～～～
～～。

第四節　おわりに

　　～～～～～～～～～～～～～～～～～～～～～～～～～～～
～～～～～～～～～～～～～～～～～～～～～～～～～～～～。

進階版範例

第一章　漱石文学における朝鮮への渡航者の意味

第一節　はじめに

　　漱石文学では、『門』（1910）の本多夫婦の息子や、『明暗』（1916）の小林のような朝鮮に渡った人物が描かれることがよくある。当時の時代背景としては、「一九〇五年には朝鮮の外交権を剥奪して保護国にし、伊藤を長とした統監府を設置した」[1]。また、「一九〇八年の東洋拓殖株式会社設立、一九一〇年の日韓併合。こうした朝鮮植民地化のプロセスを背景に急増するのが朝鮮渡航・移住者」[2]である。そして、朝鮮への日本人渡航者数の変化については、以下のように述べられている。

　　　　一九〇五年九月に就航した関釜連絡船での朝鮮行の渡航者数は、初年度四ヶ月間で七三一七人であったのが、翌年には通年で五万一五八三人を数えている。この後も徐々に増加し、一九一〇年には七万三八五五人に上っている。また、朝鮮在住の日本人居住者人口は、一九〇六年の総数八万三三一五人から一九一〇年には十七万一五四三人へと倍増する[3]。

---

[1] 小熊英二（2004・初出1998）『〈日本人〉の境界　沖縄・アイヌ・台湾・朝鮮植民地支配から復帰運動まで』新曜社 P148

[2] 中根隆行（2004）『〈朝鮮〉表象の文化誌　近代日本と他者をめぐる知の植民地化』新曜社 P72

[3] 中根隆行（2004）『〈朝鮮〉表象の文化誌　近代日本と他者をめぐる知の植民地化』新曜社 P72

さらに、木村健二は「併合時点（一九一〇年一二月末）の十七万余名の在留者数は、当時の海外在留日本人中、最大規模のものになっていた」[4]と述べている。このように、帝国日本による朝鮮植民地化の進行にともなって、朝鮮への日本人渡航者が急増している様子が窺われる。

　こうした時代背景から見て、漱石文学における植民地言説を探究するためには、日本の新しい植民地となりつつあった朝鮮へ渡航する人物の行動を無視してはならないであろう。そこで、本章では朝鮮の統監府の仕事に赴く本多夫婦の息子と朝鮮の新聞社に雇用されることになる小林に、帝国日本による朝鮮植民地化のプロセスとどのような繋がりが見られるのかを明らかにしたい。そのため、朝鮮に行く本多夫婦の息子と小林が植民地支配の社会状況とどのような関連を持っているかを考察し、彼らの朝鮮行きの行動が当時の社会でどんな意味を持っていたのかについて明確にしたい。

第二節　『門』の本多夫婦の息子という人物

　『門』の第七章で、御米は宗助との夫婦生活を、「丸で前の本多さんを見た様ね」（第六巻、P433）と言っている。「本多さん」というのは、宗助夫婦と「同じ構内に住んで、同じ坂井の貸家を借りて」（第六巻、P433）おり、「小女を一人使つて、朝から晩迄ことりと音もしない様に静かな生計を立てゝゐた」（第六巻、P433）「隠居夫婦」（第六巻、P433）のことを指す。ここから、同じ崖下の家でひっそりと暮らしている宗助夫婦には、本多夫婦と共通している様子も窺えるが、以下からは、両者の相違点が推察できる。

---

[4] 木村健二（1989）『在朝日本人の社会史』未来社 P7

〜〜〜〜〜〜〜〜〜〜〜〜〜〜〜〜〜〜〜〜〜〜〜〜〜〜〜〜〜〜〜〜〜〜
〜〜〜〜〜〜〜〜〜〜〜〜〜〜〜〜〜〜〜〜〜〜〜〜〜〜〜〜〜〜〜〜。
〜〜〜〜〜〜〜〜〜〜〜〜〜〜〜〜〜〜〜〜〜〜〜〜〜〜〜〜〜〜〜〜
〜〜〜〜〜〜〜〜〜〜〜〜〜〜〜〜〜〜〜〜〜〜〜〜〜〜〜〜。〜
〜〜〜〜〜〜〜〜〜〜〜〜〜〜〜〜〜〜〜〜〜〜〜〜〜〜〜〜〜〜〜
〜。

第三節　『明暗』の小林という人物

　『明暗』の小林は、主人公の津田由雄とは古くからの知り合いである。本節では、まず、日本にいた小林の生活状況や社会的地位から、彼が朝鮮へ行く原因を考察する。次に、小林が朝鮮へ渡航した行動の意味と、日露戦争以降の朝鮮における植民地支配の背景との繋がりを探る。

　　〜〜〜〜〜〜〜〜〜〜〜〜〜〜〜〜〜〜〜〜〜〜〜〜〜。〜〜〜〜〜
〜〜〜〜〜〜〜〜〜〜〜〜〜〜〜〜〜〜〜〜〜〜〜〜〜〜〜〜〜〜〜
〜〜〜。

第四節　おわりに

　本章では、漱石文学において朝鮮へ行く人物が帝国日本による植民地支配から受けた影響を探究してきた。その結果を次のようにまとめる。

　まずは、『門』の本多夫婦の息子のことである。朝鮮に行く前の来歴は不詳であるが、彼は日本帝国が植民地統治のために朝鮮に設置した官庁で

あった統監府の役人として就職できた。そのことから高等教育を受けたエリートである可能性は低くないであろう。また、彼は日本にいる両親に仕送りできるほどの経済的余裕を持っていることから、朝鮮での生活は決して窮屈ではなかったと見られる。さらに、統監府は朝鮮に対する外交権の剥奪や、内政干渉を積極的に実施している所なので、「韓国併合」に到るまでの、日本の朝鮮支配への野心が強く反映されている機関であったと言えよう。日本は朝鮮を統治するために、「一切旅券必要なし」という渡航の便宜的政策によって、日本人の移住を奨励し、朝鮮における日本人勢力を拡大しようとしていた。朝鮮の統監府の仕事に赴く本多夫婦の息子はそのような背景下において、朝鮮における日本の支配権を確立しようとする勢力の一部を担ったと言えるであろう。

　次に、『明暗』の小林の生活状況や社会的地位から、彼が朝鮮に渡航する原因について考察した。彼は、日本国内での生活状況が貧しく、社会的地位が低いため、日本にいるのが厭になった。現状を変えたい小林は、朝鮮を立身出世の新天地として見ていると考えられる。また、彼を雇用する朝鮮の新聞社の状況を明らかにするため、当時朝鮮における植民地支配の背景を概観した。1910年から1919年まで、日本帝国主義は朝鮮植民地化の初期段階で、「武断統治」という方針を実施したので、出版活動に対する弾圧が厳しく行なわれている状態にあった。その時期にあった朝鮮の新聞社は、総督府の施政方針に従い、日本帝国主義の「武断統治」という政策の宣伝を役割としていたと推測される。このような背景から見てみると、朝鮮の新聞社に行く小林は、朝鮮における日本の支配権を確立し強化するための、言論工作の一環としての役割を果たす結果になったと言えよう。

〜〜。

因為進階版模式另立了「はじめに」、「おわりに」兩個節次，所以在第一章標題之後，不用寫幾行的日文文字，直接於「はじめに」處，撰寫第一章要考察的目的即可。至於內容則包含為了達成考察目的，將安排幾節、按照什麼方式進行考察等等。還有，記得要於「おわりに」處，撰寫第一章考察的結果。由於進階版模式事先將「はじめに」、「おわりに」獨立出來，所以在撰寫本論各章的本文時，比較不會忘記要交代考察目的以及考察結果。同樣地，如果參照進階版範例，會更加明白節次之間的差異。另外，「はじめに」、「おわりに」的內容，也必須有某個程度的吻合才好。這麼一來，由於組織嚴謹、前後的內容緊密連貫，必能獲得佳評。

總之，不論選擇基本版模式或進階版模式的方式使用，切記節次與節次當中，約莫要空出二或三行，這樣才會讓格式看起來更明朗、清晰與整齊。而之後的第二章、第三章等的編排，也可以依照基本版模式或進階版模式進行套用，非常方便。

**練習題（一）**

請套上基本版寫作模式，試著寫看看自己的「第一章」。

**練習題（二）**

請套上進階版寫作模式，試著寫看看自己的「第一章」。

三、「本論」在撰寫上常見的問題與處理方式

下面舉出幾個「本論」在撰寫上常見的問題以及其處理方式，供作參考。

表2　「本論」在撰寫上常見的問題以及處理方式

常見的問題	建議處理方式
（一）章的標題在頁中或頁尾（最後一行）	換頁。因為章為一章的首領，須擺放於該頁的第一行。
（二）節次的標題在頁中	沒有問題。只要與上一節的內容有二或三行的間隔即可。
（三）節次的標題在頁尾（最後一行）	換頁。讓標題與內容緊密連結。
（四）節次的標題與內容間有空行	去除空行，讓標題與內容緊密連結。
（五）節次中擺放的圖（或表）的標題，與圖（或表）不在同一頁	換頁。讓圖（或表）的內容緊接在圖（或表）的標題之後。
（六）節次中擺放的圖（或表）的序號標示	1. 圖（或表）的序號標示，可以依圖（或表）的數量多寡，選擇不同的標示方式。 2. 圖（或表）不多時，可以考慮第一個圖（或表）至全篇最後一個圖（或表），從圖1（或表1）開始標示。 3. 圖（或表）很多時，可以考慮以一章為一個單元，從第一章的第一個圖（或表）開始，分別標示圖1-1（或表1-1）；而第二章的第一個圖（或表）則標示圖2-1（或表2-1）；第三章的第一個圖（或表）則標示圖3-1（或表3-1），以此類推。 4. 基本上圖跟表是不一樣的，須各自處理。

常見的問題	建議處理方式
（六）節次中擺放的圖（或表）的序號標示	5. 全篇圖（或表）數量多時，可在目次之後編列名為「圖表一覽」的頁面，標示該圖（表）在該專題報告或學術論文的的第幾頁。
（七）註腳的序號標示	原則上註腳數量不多時，全篇註腳的序號，由電腦依序自動編列序號至全篇文章的最後即可。
（八）註腳的序號已編列至百位數	以每一章為一單獨的單元，註腳的序號皆從1開始標示起，至該章結束為止，而非每一頁的註腳皆從1開始。
（九）頁碼標示	頁碼的標示是接續前一單元（或章節）之後。

　　總之，要先認清「章」為該單元的首領，必須居於要職，所以應擺放在該頁的第一行。而節是次於章的，位居頁中亦無妨。但是不能擺放於頁尾，這樣會觸犯到節的標題與內容放置於不同頁的禁忌。除了標題須與內容放置在同一頁以外，圖（或表）的標題與圖（或表）的內容，也必須在同一頁。

　　另外，全篇專題報告或學術論文須當作一個完整的個體，所以註腳的序號要由1開始標示，而且也可以從「序論」開始編列。不過如果註腳的序號編至最後，已有上百數字或上千數字時，建議還是以「序論」為一單元，註腳從1開始編列序號；「本論」中的各章，各自為一單元，而非一頁為一單位，各章的註腳皆從1開始編列序號；「結論」為一單元，註腳從1開始編列序號。這麼一來，註腳的序號才不會高達上百或上千。

　　最後有關頁碼部分，基本上還是把全篇專題報告或學術論文當作一個完整的個體，頁碼依順序而下，從「序論」開始標示第一頁而至全篇文章最後一頁。

　　上述的處理方式，有些已經是常識性的認知了。但是為了防範未然，還是不厭其煩地再次叮嚀。就指導學生的經驗而論，有些學生要叮嚀好幾次才會記得。儘管如此，有心的學生還是都能漸漸往進步的方向前進。筆者也非常樂見學生們的成長，少犯錯就是多得分，你也一定辦得到，相信自己吧！

中期進度檢核表

完成請於□中打勾☑，尚未完成請打☒。

□　1. 完成參考書目的分類工作了嗎？

□　2. 引用文獻、資料都完成建檔、存檔工作了嗎？

□　3. 建檔的引用文獻、資料的資訊完整嗎？是否沒有漏掉作者、頁碼之類的
　　　呢？

□　4. 研究題目是否已不需要修正了呢？

□　5. 編排的整體目次，都妥當了嗎？

□　6. 章、節的訂定，符合研究題目嗎？為了符合研究題目，章、節是否已不需
　　　要重新調整了呢？

□　7. 使用的文體正確嗎？整篇都統一了嗎？

□　8. 使用的格式正確嗎？整篇都統一了嗎？

□　9. 使用的字體正確嗎？整篇都統一了嗎？

□ 10. 每一段落是否空一格才開始撰寫呢？

□ 11. 使用的字體大小有所區隔嗎？注意到章＞節次＞本文內容＞註腳了嗎？

□ 12. 換頁時，有沒有從新的一頁的第一行開始撰寫呢？

□ 13. 使用的符號正確嗎？整篇都統一了嗎？是否不會太多了呢？

□ 14. 引用的格式正確嗎？整篇都統一了嗎？

□ 15. 嵌入文本的引用文獻、資料的範圍是否適度呢？是否沒有超乎常理的多
　　　呢？是否沒有跨了兩頁之多呢？

□ 16. 嵌入文本的引用文獻、資料如果非日文，是否加上日文翻譯了呢？也明確交代翻譯者是誰了嗎？

□ 17. 能明確區隔出本文與引用文的不同了嗎？

□ 18. 嵌入文本的引用文獻、資料都完整交代出處、來源了嗎？

□ 19. 說明嵌入文本的引用文獻、資料上所標記的符號用意、意思了嗎？

□ 20. 使用註腳標示文獻、資料的出處、來源了嗎？

□ 21. 用「同注○」標示引用文獻處，其註腳的序號正確嗎？

□ 22. 已使用圖表的輔助文字做說明了嗎？

□ 23. 使用的圖表，已編了序號、加了標題了嗎？

□ 24. 已清楚交代圖表的完整資訊了嗎？是否沒有漏掉交代出處呢？

□ 25. 是否已說明圖表上使用的符號所代表的意思了呢？

□ 26. 有沒有注意到圖表與本文間的密切連繫呢？

□ 27. 日文文章中使用的專有名詞，下定義了嗎？

□ 28. 日文句子是否不會太長呢？

□ 29. 日文句子是否完整呢？

□ 30. 一個句子是不是一個主題呢？

□ 31. 有沒有巧妙使用接續詞，來正確表達句子與句子之間的因果關係呢？

□ 32. 可以明確找出日文文章中的「主語」與「述語」嗎？

□ 33. 日文文章是否已著重於用被動文型表現來陳述事實了呢？

□ 34. 注意到日文動詞時態表達的不同了嗎？

□ 35. 日文文章表達是否順暢呢？意思是否明確呢？

□ 36. 是否盡量少用口語的表達方式了呢？

□ 37. 文中稱呼自己時，是否不再使用不適合用於論文上的「私」來稱呼了呢？

□ 38. 是否不再有「沒有解釋代名詞卻一直濫用，造成不知所云」的情形了呢？

□ 39. 是否「沒有過度使用副詞與形容詞強調、美化，反而破壞了論述的客觀性」的情形了呢？

□ 40. 句子與句子之間、段落與段落之間，語意通暢嗎？

□ 41. 論述時已把握「有頭、有身體、有腳，才組合成完整的人形」的原則了嗎？

□ 42. 是否已隨時掌握距離期限還剩下的時間了呢？

□ 43. 是否已經清楚明白待完成工作的分量了呢？

□ 44. 每天保持一定的進度進行撰寫嗎？

□ 45. 是否已設定完成專題報告或學術論文的時程表了呢？

※如果尚未達到20個要項，可要加把勁努力了喔！！

第7課

論文中常見的各類日文表達方式

學習重點說明

- ➲ 將文章概念應用於撰寫專題報告或學術論文時的建議事項。

- ➲ 彙整常見日文句型表達方式的資料庫。

- ➲ 彙整專業領域中常用之日文句型表達方式的資料庫。

- ➲ 論文中常見的各類日文表達方式。

- ➲ 其他重要的日文表達方式。

在本課之前，本書的重點都擺放在讓全篇專題報告或學術論文的格式看起來有整體感之上。如果能領悟到格式的重要，並力求整齊、美觀，可說是達到學習效果，已經成功了一半。

接下來，要進入正式撰寫論文的階段。任何人在此階段，無不痛苦萬分，特別是母語非日文的人，更是加倍痛苦。大學老師常常抱怨現在的大學生所寫的中文文章，既沒有組織架構也沒有邏輯，實在不知所云。這下子又要用日文撰寫，問題就更大。

其實不用擔心，學生就是不知道、不會，才要跟老師學習。又因為學生就是會犯錯，才需要老師從旁指導。老師的角色非常重要，無人能取代，但前提是學生要打從心底佩服老師。而要讓學生打從心底佩服老師的關鍵，則在於老師是否以身作則。只要老師以身作則，學生又願意追隨的話，筆者可以非常肯定地說：人（學生）都是可以被訓練的，人（學生）的潛能也都是可以被開發的。這個道理是筆者從多年指導無數程度高或低的學生經驗當中，深深體會出的千古不變的道理。因此，如果有人心想中文本來就不好，居然還要用日文撰寫專題報告或學術論文因而想放棄的話，其實是不必要的。因為只要有心嘗試，一定可以跨越困難。繼續閱讀本書，保證誰都能成為用日文撰寫專題報告或學術論文的高手。

本課就是要學習如何跨出第一步，來撰寫日文專題報告或學術論文。

一、將文章概念應用於撰寫專題報告或學術論文時的建議事項

回想從毫無基礎開始學習外語的經驗，一般人幾乎都是從字母開始，然後背單字、片語之後，才勉強寫出個句子。接下來，則會用複數的句子串連成一個段落，再由複數的段落組合成一篇文章。也就是說，文章是由「字母→單字→片語→句子→段落」這種概念組合而成的。不論寫作文，或者是撰寫專題報告或學術論文，其組合概念其實都一樣，只不過如果這篇文章的完成是出自個人的所感所想，這可能只是一篇作文、感想文而已；而如果遣詞用字避免口語表現，且盡量使用學術論文的專業用語，又能考量段落間的接續、因果關係，以及多方引用書目增加客觀性、說服力的話，這樣的文章就有可能成為大眾普遍能接受的專題報告或學術論文。

在「字母→單字→片語→句子→段落」組合成文章的概念下，假如要應用於撰寫專題報告或學術論文時，要注意些什麼呢？注意事項以及建議事項彙整如下面的表1。

表1　應用於撰寫專題報告或學術論文時的注意事項以及建議事項

單位	注意事項	建議事項
（一） 單字	1. 盡可能少用口語表現。 2. 熟悉該領域的專有名詞、特殊的單字。	1. 請參閱姊妹作《我的第一堂日文專題寫作課》第1課。 2. 透過蒐集、閱讀該領域的參考書目來熟悉。
（二） 片語	1. 盡可能少用口語表現。 2. 寫出適合學術性文章的表現為宜。	1. 請參閱姊妹作第1課。 2. 請參閱姊妹作第5課。

單位	注意事項	建議事項
（三）句子	1. 盡可能少用口語表現。 2. 寫出適合學術性文章的表現為宜。	1. 平日閱讀日文文章時，彙整常見的日文句型表達方式的資料庫。 2. 於本課下個節次提醒。
（四）段落	1. 善加利用接續詞，明確表達段落間的因果關係。 2. 寫出適合學術性文章的表現為宜。	1. 請參閱姊妹作第11課。 2. 於本課下個節次提醒。

建立「字母→單字→片語→句子→段落」組合成文章的概念之後，若要應用於撰寫專題報告或學術論文上，首先會遇到「單字」的問題。普通的單字當然與一般的情形無異，但遇到專有名詞、特殊的單字時，需要下功夫學習與熟悉。因為選擇不同的專題報告或學術論文題目，使用的專有名詞、特殊的單字也會有所差異。不妨透過蒐集、閱讀參考書目之際，多方熟悉該領域的專有名詞、特殊的單字。

至於「片語」問題，因本書姊妹作《我的第一堂日文專題寫作課》已經詳細說明過，請參考該書的第1課與第5課。而句子表達部分，建議在平時閱讀日文文章時，遇到不錯的句型可以蒐集起來，彙整成常見的日文句型表達方式，建構成個人使用資料庫，並加以分類利用，就能解決在撰寫過程中常常會出現的詞窮現象，也才不會有「用時方恨少」的遺憾。至於怎麼建構個人的日文句型資料庫呢？其實沒有一定的規則，只要自己方便使用就好。建構個人日文句型資料庫的要領，於下一個節次詳細敘述。除此之外，本課最後也將整理出論文中常見的各類日文表達方式，方便讀者參考。

最後的「段落」問題，則必須考量段落與段落間的因果關係。而要明確表達段落與段落間的因果關係，可以善加利用「接續詞」。有關「接續詞」的用法，請參考姊妹作第11課。至於段落中的遣詞用字，一樣將於本課最後整理出論文中常見的各類日文表達方式，方便讀者參考。

二、彙整常見日文句型表達方式，建構個人資料庫

上面提過建構個人的日文句型資料庫，沒有一定規則，只要自己方便使用就好。姑且分成兩個階段，說明建構個人日文句型資料庫的要領。

表2　建構個人日文句型資料庫的要領

漸進分級	注意事項	建議事項
（一） 一般句型	1. 透過閱讀，學習豐富的辭彙。 2. 勤於蒐集常用句型。 3. 勤於將蒐集來的常用句型，加以建檔、存檔備用。	1. 平日應多閱讀日文文章。 2. 勤勉好學，不輕易放過學習佳句美文的機會。 3. 建檔、存檔備用，才不容易遺失。
（二） 專業學術領域 所使用的句型	1. 勤於閱讀該領域的參考書目。 2. 學習、模仿該領域的參考書目的遣詞用字。 3. 勤於將蒐集來的該領域的參考書目的遣詞用字，加以建檔、存檔備用。	1. 閱讀該領域的參考書目，增加專業知識。 2. 讓專題報告或學術論文的遣詞用字更合乎該領域的要求。 3. 建檔、存檔備用，才不容易遺失。

第一階段的「建構一般句型的個人使用資料庫」，其實也可以應用於想學習語言的任何人身上，特別是學習外語者，更是當務之急。對於此階段的注意事項以及建議事項，不外乎一個「勤」字。訣竅在於勤於閱讀、勤於蒐集、勤於建檔。學習外語的不二法門，就是努力不懈。培養了閱讀、蒐集、建檔的良好習慣之後，當進入第二階段時，就會上手多了。

第二階段的「建構專業學術領域所使用的句型」，主要是處理專業日文句型表達方式的用語問題。除此之外，還要讓文章格調提升至合乎學術性的要求。和

第一階段一樣，勤於閱讀、勤於蒐集、勤於建檔，就能順利完成。這些前置作業都是奠定成功的基礎，不能忽視。

　　提到前置作業，順便提醒可以有效率地完成專題報告或學術論文的捷徑。那就是除了先建構專業學術領域所使用的句型之外，當閱讀到該領域的參考書目時，只要有需要便要一併建檔備用，才能事半功倍。記得建檔時，要將資料來源、出處（包含作者名、書名、出版年、出版社、頁碼）詳細記錄，免得以後還要花時間補齊，那就更麻煩了。這樣的前置作業，是完成專題報告或學術論文的捷徑，可創造出「積沙成塔」的功效。特別是對於沒有足夠的時間、又必須於一定期限內提出成果的人，這項前置作業絕對是完成任務的妙招，不妨試試看。

　　當然有人會質疑說：「怎麼會知道這份參考書目的這個地方是不是需要？以後沒用到的話，不就白做工了嗎？」會問這個問題的人，建議再釐清自己的研究主題與範圍比較好。確認清楚自己的研究主題與範圍之後，相信就能判斷出是否需要使用該書目的資料。而且即使真的到後來沒有用到該書目資料，仍可以當作學習常見的日文句型表達，所以只能說是獲益匪淺，根本不會有白做工的情形。筆者多年來工作（教學、研究、社會奉獻）、家庭兩頭忙碌之際，仍經常利用片斷的時間來閱讀書目資料，並將之馬上存檔、建檔來備用。也因為如此，才能在有限的時間內，完成不可能的任務——持續撰寫論文並發表。這是一個不錯的方法，提出來與讀者分享。

三、論文中常見的各類日文表達方式

為了方便讀者的了解，下面分成四種情形，簡單敘述常用日文句型。

（一）論文中常見的各類日文表達方式。特別著重於「引用書目資料」、「定義」、「分類」、「舉例說明」、「陳述因果關係」、「嵌入圖表資料」、「比較」等七項。

（二）各論述階段中常見的各類日文表達方式。特別著重於論點推移時常使用的「推論」、「判斷」、「意見」（正反兩方）、「主張」等四項。

（三）論點鋪陳程序上常使用的日文表達方式。特別著重於「補充說明」、「轉換話題」等兩項。

（四）其他的重要日文表達。特別著重於「回顧先行研究」、「研究步驟」、「使用資料」等三項。

分別說明如下：

（一）論文中常見的日文表達方式

1. 引用書目資料：

專題報告或學術論文之所以有別於作文（感想文），能否獲得大眾更多的迴響，關鍵在於引用書目當佐證，可見引用書目的重要性。如何具體引用書目，本書姊妹作已經詳細說明，請參考該書的第9課、第10課。在此不再深入敘述，簡單將引用書目資料的句型，羅列如下：

表3　引用書目資料的句型

（一） 資料内容 具體引用	〜（人名） は〜（書名） の中で	「〜〜〜〜」と／ 次のように／下記の ように／以下のよう に	指摘している。／評 価している。／批判 している。／分析し ている。／論述して いる。／考察してい る。／述べている。
（二） 摘要方式 引用	〜〜（人名または書名）によると、／ 〜〜（人名または書名）によれば、／ 〜〜（人名）の話しでは、／ 〜〜（人名または機関名）のレポートでは、／報告では、		〜〜という。／〜〜 ということである。／ らしい。／そうであ る。

　　第一類型為具體引用某人論說的情況，第二類型為摘要式引用某書籍或某人論說的情況。「〜〜」為具體論述，而「／」記號則代表可以替換的其他日文表達方式。接下來各舉一個例句做說明。

例句

1. 『群像日本の作家26村上春樹』で井上ひさしは、「この小説（『世界の終わりとハードボイルド・ワンダーランド』のこと・論者注）には〈私〉と〈僕〉との二人の主人公がいて、この二人がそれぞれ一つずつ物語を牽引する。物語の運転手を複数にするという構造のつくり方はこの作者（村上春樹のこと・論者注）の愛する方法でわれわれ読者にもすでに親しいところであるが、この方法は謎の発生を容易にする」と指摘している。

2. 風丸良彦によると、日本の現代作家村上春樹の『1Q84』は、前代未聞の作品で、発表時に日本社会を驚倒させた著作だという。

例句1的第一行「この小説」之後出現了括號（『世界の終わりとハードボイルド・ワンダーランド』のこと・論者注），那是執筆者對於代名詞「この小説」的補充説明。此處理方式已於本書前面提過，非常得宜，可以參考比照使用。

 **練習題（一）**

請注意引用格式，將下面的文章正確引用出來。

1. 桜の樹や花には実用的な価値はほとんどない。考え方と情緒の両方を喚起する源泉は、桜の花の美的価値である。桜の花の美的価値は、もともと生産力と生殖力を宗教的な意味で美しいものと考える農耕宇宙観に根ざしている。（大貫恵美子『ねじ曲げられた桜』より）

→ 大貫恵美子の『ねじ曲げられた桜』には、＿＿＿＿＿＿＿＿＿＿＿＿＿

＿＿＿＿＿＿＿＿＿＿＿＿＿＿＿＿＿＿＿＿＿＿＿＿＿＿＿＿＿＿＿＿＿

＿＿＿＿＿＿＿＿＿＿＿＿＿＿＿＿＿＿＿＿＿＿＿＿＿＿＿＿＿＿＿＿＿

2. すばらしい絵や音楽に魅了されたり、美しい人に不覚にも心を奪われたりしてほほえむこともあり、小犬のかわいいしぐさに思わずこぼれる笑みもある。恍惚感のうっとりとした笑顔もその一種だろう。（中村明『笑いのセンス』より）

→ 中村明は『笑いのセンス』の中で、＿＿＿＿＿＿＿＿＿＿＿＿＿＿＿＿

＿＿＿＿＿＿＿＿＿＿＿＿＿＿＿＿＿＿＿＿＿＿＿＿＿＿＿＿＿＿＿＿＿

＿＿＿＿＿＿＿＿＿＿＿＿＿＿＿＿＿＿＿＿＿＿＿＿＿＿＿＿＿＿＿＿＿

2. 定義：

撰寫時，對專有名詞須先下個定義。當然定義可以依循某人的學說而來，或者是參考多數人的學說，再由執筆者自己廣泛定義也可以。常用句型如下：

表4　定義的句型

（一）～（人名または関機名）は	～～～～を～～～と	定義する。/ 定義している。/ 定義した。
（二）～～～は（とは）	～～である。	
（三）～～～～とは	～～～を指す。/ 指している。/ 意味する。/ 意味している。	
（四）～～～～とは	～～のことをいう。/ ～～の意である。	
（五）～～の指摘では	～～と言われている。/ ～～とされている。	

上表中的（一）至（五），同樣為表達定義的說法。不要老是用同一種說法，可以替換使用，才能讓文章的表現、語意的表達，更富有變化。以下表格中標註編號的，都是同樣情形。

例句

1. 厚生労働省は、「少子化」を「子供の絶対数が少なくなっていて、また出生率が低下していること」と定義している。

2. 医師の上畑鉄之丞の指摘では、「過労死」とは、「もともと一家の大黒柱を失い、明日の生活の不安に直面した家族が労働災害補償を求める悲痛な叫びの中から生まれた用語で、必ずしも医学的に厳密なものではない」と言われている。

練習題（二）

請定義下面的詞彙。

1. ニート

2. フリーター

3. 分類：

龐大數量的東西，可考慮設立一個標準，將其精簡、分類。這麼一來，論文所使用的資料就能井然有序。

表5　分類的句型

(一) ～（人名または機関名）は	～～～～を ～～～の種類に	分ける。／分けている。／分けた。／分類する。／分類している。／分類した。／大別する。／大別している。／大別した。
(二) ～（名詞）は	～～～の種類に	分けられる。／分けられている。／分けられた。／ 分類される。／分類されている。／分類された。／ 大別される。／大別されている。／大別された。
(三) ～（名詞）を	～～を基準にして分けると、／分類すると、／分類すれば、	～～～の種類になる。
(四) ～（名詞）には	～～～の種類が	ある。

例句

1. 現代社会は、社会人口構成に高年齢層が占める度合によって「高齢化社会」と「高齢社会」の二種類に分けられている。

2. 宮崎駿のアニメに登場した老女と少女との関係は、その力関係によって、「保護」、「対立から和解へ」、「対立から和解を経たのち共生へ」の三グループに大別される。

3. 藤津亮太は、日本の国民的アニメ作家・宮崎駿の活動時期を、助走期（1978-1984）、離陸期（1985-1989）、跳躍期（1990-2000）、現在（2001-）の四期に分けている。

**練習題**（三）

請參考下面圖示的關係，用分類的句型，還原成文字的敍述。

1.

小林さんの財産
- 不動産
- 定期貯金
- 普通貯金
- 債券
- 先物
- 株
- 現金

2. 2005年野村総合研究所は、オタクビジネスについて、日本の国内で主要な12分野のマニア消費者層の推計を出している。

国内主要12分野のマニア消費者層の2004年市場規模推計

分　野	人　口	金　額
コミック	35万人	830億円
アニメーション	11万人	200億円
芸能人	28万人	610億円
ゲーム	16万人	210億円
組立PC	19万人	360億円
AV機器	6万人	120億円
携帯型IT機器	7万人	80億円
自動車	14万人	540億円
旅行	25万人	810億円

分　野	人　口	金　額
ファッション	4万人	130億円
カメラ	5万人	180億円
鉄道	2万人	40億円
合計	延べ172万人	4,110億円

出典：株式会社野村総合研究所（2005）「マニア消費者市場を新たに推計、04年は主
　　　要12分野で延べ172万人、4,110億円規模」のデータを参照し作成。
　　　http://www.nri.co.jp/news/2005/051006_1.html

　　これによればオタクの種類は、＿＿＿＿＿＿＿＿＿＿＿＿＿＿＿＿＿＿＿

4. 舉例說明：

分類之後，進一步具體舉例說明，會讓讀者更清楚執筆者的用意。

表6　舉例說明的句型

（一）例えば、	〜〜には〜〜〜〜 などが〜〜	ある。／〜に入る。／〜の範疇 に入る。／〜の類に入る。
	〜〜については〜〜 などが	〜に当たる。／〜とされている。
（二）〜〜〜は	〜〜の総称である。／〜〜とも呼ばれる。／〜〜の一つで ある。／〜〜の一種である。	

例句

1. 現代社会は、社会人口構成に高年齢層が占める度合によって「高齢化社会」と「高齢社会」の二種類に分けられる。例えば、日本は「高齢化社会」の範疇に入っており、その中でも最も高齢者の比率が高い社会とされている。

2. 「高齢化社会」は、社会人口構成上、相対的に老年人口が増大しつつある人口変動現象の一つである。

練習題（四）

請完成下面的句子，使其語意完整。

1. 「地球温暖化」は、【　　　　　】とされている。例えば、【　　　　　】

2. 「地震」は、【　　　　　】である。また、【　　　　　】

5. 陳述因果關係：

在撰寫專題報告或學術論文時，陳述因果關係是非常重要的區塊。分成著重結果與著重原因的兩部分來敘述。

表7　因果關係中著重結果的句型

(一) ～～～すると、	～
(二) ～～～した結果、／の結果、	～
(三) ～～～によって、／により、	～
(四) ～～～のため、	～
(五) ～～～が原因で	～

例句

1. 日本では、ゆとり教育が施行された結果、中学生の各種学力テストでの平均値が大きく下がっている。

2. 結婚しない結婚適齢者が増えることによって、子供の出生率が低下することになる。

表8　因果關係中著重原因的句型

(一) ～～～は、	～～からである。／～～のためである。／～～による。／～～によるものである。／～～に原因がある。
(二) ～～～の原因として、	～がある。／～が挙げられる。
(三) ～～～の原因は、／理由は、	～にある。／～と考えられる。／～と推測される。

(四) 〜〜〜のため、	〜
(五) 〜〜〜が原因で、	〜

例句

1. 校内暴力事件の多発は、非行少年の増加に原因がある。

2. 校内暴力事件が多発しているのは、非行少年が増加しているからである。

3. 日本の中等教育の学力低下は、非行の増加、ゆとり教育の実施など、複合的な要因によると考えられる。

6.嵌入圖表資料：

在專題報告或學術論文中，嵌入文字敘述以外的圖表數據資料，會更增加論述的客觀性、說服力。第8課會再次以實例具體做說明，在此先分為五個階段，說明圖表資料如何轉換成文字敘述。

第一個階段為「說明製作圖表的用意」。

表9　說明製作圖表用意的句型

(一)　～～～～を整理すると、/纏めると、	図1（表1）になる。
(二)　～～は	図1（表1）に纏めることができる。/纏められる。/示した。
(三)　図1（表1）は	～を示している。/示したものである。
(四)　～は	図1（表1）である。

上面的圖（表）序號雖然用1來標記，但要依實際狀況編排序號才行。也就是說，如果是第二個圖（表），就須以「図2（表2）」來標記。基本上，圖與表是不相同的，要分開處理。圖依圖的數量順序編列，表也是依表的數量順序編列。當然，圖或表可以引用他人製作的圖表，也可以自己製作，但一樣都要明確交代資料出處，或是標示由自己製作的字樣。

例句

1. 宮崎駿が監督したアニメの配給収入を作品ごとに整理すると、以下の表1のようになる。
2. 図5は、2010年度の日本語能力試験に合格した大学四年生の比率を示したものである。

第二個階段為「說明從圖表資料可以讀出的重點」。

表10 說明圖表資料中讀出重點的句型

（一）図1（表1）から〜〜〜〜が	分かる。/ 明らかになる。/ 明瞭になる。/ 判明する。
（二）図1（表1）から分かるように、/ 判明するように、/ 明らかなように、	〜
（三）図1（表1）を見て分かるように、/ 判明するように、/ 明らかなように、	〜
（四）図1（表1）が示しているように、	〜
（五）図1（表1）に示すように、/ 示したように、/ 示しているように、	〜

例句

1. 図5に示すように、二十一世紀に入り、高学歴者の高失業率状態は相変らず深刻な状態が続いている。

2. 表5からは、結婚しても子供がほしくない夫婦が次第に増加していることが分かった。

第三個階段為「說明圖表資料的數據」。

表11 說明圖表資料數據的句型

（一）〜が / は	約 / ほぼ / 凡そ	〜である。
（二）〜が / は	〜ほど / 程度 / 前後	〜である。
（三）〜が / は	〜弱 / 足らず / 近く / 強 / 余り	〜である。

（四）〜が／は	〜を占めている。／〜となっている。
（五）〜が／は〜に	達している。／及んでいる。／なっている。／上回っている。／過ぎない。／止まっている。
（六）〜が／は〜を	下回っている。／上回っている。／切っている。／割っている。／超えている。

例句

1. 資料Aでは、「出身校が就職に大きく関係している」項目を選んだ人の割合が全体の70%を占めている。

2. 台湾教育部の資料に拠れば、2011年に高校入学試験を受けた受験者数は、台湾全土で8万人にも達していない。

第四個階段為「比較圖表資料間的數據差異」。

表12　比較圖表資料間數據差異的句型

（一）〜〜〜が／は〜〜〜より		多い。／少ない。／高い。／低い。／大きい。／小さい。
（二）〜〜〜と〜〜〜との間には		ばらつきが見られる。／変動が見られる。／一定の関係が見られる。
（三）〜〜〜が／は	次第に／急激に／急速に／大幅に／大きく／著しく／やや／緩やかに／徐々に／僅かに	増加している。／増えている。／急増している。／拡大している。／上昇している。／上向いている。／減少している。／減っている。／縮小している。／低下している。／下向いている。／下降している。

例句

1. 日本の311東北関東大震災以来、日本に観光に行く台湾の旅行者は急激に減少している。

2. 2011年6月28日に自由観光の制限が解除され、中国大陸から台湾を訪れる観光客が大幅に増加している。

　　第五個階段為「透過比較圖表資料間的數據讀解出趨勢」。

表13　圖表資料顯示出的趨勢的句型

（一）〜〜〜が／は	〜〜〜傾向にある。／傾向を示している。／〜になる一方である。／始まっている。／終わっている。／見られる。
（二）〜〜〜が／は	横ばい状態になっている。／頭打ちになっている。／先細りになっている。／変化はない。／一定である。／変化していない。／一定している。／安定している。

（三）〜の伸び方／増え方／増加率／成長率／低下率／減り方／減少率	が／は	大きくなっている。／小さくなっている。／激しくなっている。／著しくなっている。／鈍くなっている。／鈍化している。

例句

1. 物価の高騰によって、近年の国民生活はますます厳しくなる傾向にある。

2. 日本では少子高齢化への対策が具体化されていないため、出生率が鈍化し、近年では人口の減少が著しい。

在第四個階段「比較圖表資料間的數據差異」裡，可能會比較兩種或三種以上的數據。因此整理出下面的常用句型，以供參考。

表14　比較兩者的句型

（一）　AはBより〜
（二）　AはBに比べて、／比べると、〜
（三）　AはBに比較して、／比較すると、〜
（四）　AとBでは、Aの方が〜
（五）　Aは〜という点でBとは違う。／違っている。／異なる。／異なっている。

例句

1. 東京は、都市公園面積という点では、ロンドンとは違う。

2. 年収の6倍以上である日本の東京の住宅価格は、アメリカのニューヨークの3.5倍に比べて、随分高い。

 練習題（五）

請比較下面兩者間的差異。

1. 固定電話と携帯電話

2. 現金とクレジットカード

表15 比較三者的句型

（一）～の中、/のうち、Aは一番/最も～
（二）～の中で、一番/最も～のは、Aである。
（三）Aの次に/Aに続いて/～の第二位はBである。
（四）Aに次いで、～のはBである。

例句

1. 先進国のうち、ヨーロッパ諸国は平均して最も高齢化が進んでいる。ヨーロッパ諸国の次は、日本である。

2. 大学四年生を対象に支出を調査したアンケートの結果によると、出費では娯楽代が最も多い。娯楽代の次は、食事代である。さらに、食事代に次いで多くかかっているのは交通費である。最後は、本代となっている。

（二）各論述階段中常見的各類日文表達方式

撰寫專題報告或學術論文時，需要有系統地鋪陳論點。本書列出常見的「推論」、「判斷」、「意見」、「主張」等四項，以供參考。

1. 推論：

依據具體的數據或事實，邏輯地推論某一件事情發生的可能性極高時，常使用下面的句型。此時具體的數據或事實，必須用引用書目的方式，先引用出重要論述才行。只要有所依據、言之有物、幾分證據說幾分話，這樣富有邏輯性、系統性的推論，一定可以被接受。

表16　推論時使用的句型

(一) ～～～～が / は～～～～に	違いない。/ 相違ない。
(二) ～～～～が / は～～～～と	予測される。/ 予測されよう。/ 予想される。/ 予想されよう。
(三) ～～～～が / は	予測される。/ 予測されよう。/ 予想される。/ 予想されよう。

例句

　気温と海水温が高い時に、熱帯性の低気圧が発達すると、台風になる率が高い。7月に入り、毎日35度を超える猛暑の連続の中で、熱帯性低気圧が台湾に近づいてくるということは、今後、台風が発生するに違いない。

2. 下判斷或評語：

　　當依據一連串的具體資料或有富有邏輯性的推論之後，需要客觀地下個判斷或評語時，常使用下面的句型。

表17　下判斷或評語時使用的句型

(一) このように、/ このことから、/ 以上のことから、/ 上記のことから、/ この結果から、/ この結果、	～～～が	分かる。/ 明らかになる。/ 明瞭になる。/ 判明する。/ 判断できる。/ 窺える。/ 窺えよう。/ 考えられる。/ 考えられよう。/ 推察される。/ 推察されよう。/ 推測できよう。
	～～～と	言える。/ 言えよう。/ 言えるのではないか。/ 言ってもよい。/ 言っても過言ではない。/ 言っても言い過ぎではない。/ 言っても差し支えない。

（二）この結果は／ 　　　このことは／ 　　　この〜〜〜〜は	〜を示している。／示唆している。

例句

　この結果は、アニメ作品の時間、空間を一時期、一国に限定しない、複合的重層的構造を持つ宮崎駿のアニメ世界では、年老いて盛んになる女性のパワーが高く評価されていることを示唆している。

3. 表達意見：

　　對於經過富有邏輯性、系統性的推論之後所得到的客觀判斷或評語，執筆者如果能適時表達意見，將更能增加專題報告或學術論文中的辯論張力。衷心希望學習者都能進入到這個境界。

　　說到表達意見，當然會有正反兩方。不論正方或是反方意見，都非常歡迎。只是須注意所表達的意見，需要有客觀的支撐才站得住腳。否則光憑一己之見，要推翻經過富有邏輯性、系統性的推論之後所得到的客觀判斷或評語，是不可能的。

表18　表達贊成意見的句型

（一）〜〜〜〜の論説に	賛成する。／賛同する。／賛成の意を表したい。／異論はない。／同意できる。／耳を傾けるべきである。
（二）〜〜〜〜の論説は	示唆的である。／重要な指摘である。／傾聴に値する。／注目に値する。／納得できる。／傾聴すべきである。

例句

> アニメ作家・宮崎駿が「比類なきブランド力を持つスタジオジブリという独立国」を創出したという津堅信之の主張に、異論はない。

表19 表達反對意見的句型

（一）〜〜〜〜の論説には	賛成しかねる。／賛同できない。／同意しかねる。／納得できない。／納得がいかない。／異論がある。／腑に落ちない所がある。／疑問がある。／問題がある。／問題があるのではなかろうか。／問題が大きい。
	未解明の部分が残されている。／検討する余地がある。／検討する余地が残されている。／修正する余地が十分にある。／再検討の必要がある。
（二）〜〜〜〜の論説では／〜〜〜〜によっては〜〜〜〜について、	説明しきれない所がある。／解明しきれない部分が残っている。
（三）〜〜〜〜について〜〜〜〜の論説とは	見解を異にする。／見方が異なる。
（四）〜〜〜〜かどうかについては疑問である。／疑問がある。／疑問が残る。	
（五）〜〜〜〜てもよいのではないだろうか。／〜〜〜〜てもよいであろう。／〜〜〜〜てもよかろう。	

例句

> 原発問題について、安全対策が万全だから原子発電所の再開を支持するという政府の主張とは、見解を異にする。

4. 主張：

　　當表達了贊成或反對的意見之後，需要再進一步導出自己的主張，才算是完美地結束這一回合的論點鋪陳。能來到這個境界，的確不易。但其實只要訓練有素，並隨時警惕是否疏忽掉某個程序步驟，要到達此境界，任何人都可以辦到。

表20　表達主張的句型

（一）〜〜〜〜しなければならない。
（二）〜〜すべきである。／するべきである。
（三）〜〜する必要がある。
（四）〜〜した方がよい。／よかろう。／よいのではないか。／よいのではなかろうか。

例句

　　311大震災のために、日本では電気使用が制限され、電力不足は確かに生活に大変な不便をもたらしているかもしれない。しかし、これ以上放射線が漏れる危険を冒して国民の健康を損なうことにならないよう、原子力発電所の再開は、専門家を集めて慎重に検討すべきである。

（三）論點鋪陳程序上常使用的日文表達方式

　　說話要不脫序、論點鋪陳要有系統，都需要有一套完整的鋪陳程序。一套完整的鋪陳程序為「引用→推論→判斷→意見→主張」。一個論點的鋪陳使用一次鋪陳程序，算是第一回合。而鋪陳第二個論點時，就再使用一次鋪陳程序，這算第二回合。累積數回合的鋪陳程序之後，就能拼湊出專題報告或學術論文的樣貌。簡單圖示如下：

表21　拼湊專題報告或學術論文樣貌的技巧

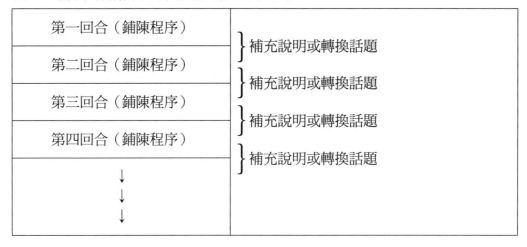

第一回合的鋪陳程序與第二回合的鋪陳程序之間，可能需要補充說明或提示即將轉換話題。下面以「補充說明」、「轉換話題」為例，來說明重點。

1. 補充說明：

一段文章敘述完畢後，常發現需要補充說明，或是修正、豐富敘述內容之類，此時可以依據情況，善加利用下面的用詞。

表22　用於補充說明時的用詞

用　法	使用說明
（一）ただし	補充例外資料，局部修正前面敘述的內容。
（二）もっとも	補充例外資料，局部修正前面敘述的內容。
（三）ただ	補充例外資料，局部修正前面敘述的內容。（口語用法）
（四）なお	補充相關訊息，增加前面敘述內容的厚實度。
（五）ちなみに	補充其他訊息，增加前面敘述內容的寬廣度。不補充其他訊息，也無傷大雅。

例句

1. 図2は、2011年6月の時点で調査した結果である。ただし、日本についてのデータは、2010年度の調査によるものである。

2. 図2は、2011年6月の時点で調査した結果である。もっとも、日本についてのデータは、2010年度の調査によるものである。

3. 図2は、2011年6月の時点で調査した結果である。なお、調査は匿名で、被調査者一人あたり30分のインタビューを電話で行うことにした。

4. 図2は、2011年6月の時点で調査した結果である。ちなみに、台湾でこのような大規模な総合的調査を行ったのは、今回で二回目になる。

練習題（六）

請完成下面的句子，使其語意完整。

1. 台湾における日本語学科の卒業生の就職状況を究明するにあたって、本章では、2005年度から2010年度までのアンケート調査を資料として使用することにした。ただし、【　　　　　】。

2. 台湾における日本語学科の卒業生の就職状況を究明するにあたって、本章では、2005年度から2010年度までのアンケート調査を資料として使用することにした。もっとも、【　　　　　】。

3. 台湾における日本語学科の卒業生の就職状況を究明するにあたって、本章では、2005年度から2010年度までのアンケート調査を資料として使用することにした。なお、【　　　　　】。

4. 台湾における日本語学科の卒業生の就職状況を究明するにあたって、本章では、2005年度から2010年度までのアンケート調査を資料として使用することにした。ちなみに、【　　　　　】。

2. 轉換話題：

　　一個話題結束之後，重新啟動新的話題時，日文會用接續詞來連接這前後的兩個話題。為了使讀者明白前後兩個話題間的關係，建議使用下列的用詞，讓兩者間的關係更加明確。

表23　用於轉換話題時的用詞

用　法	使用說明
（一）さて	進入正題時使用。
（二）ところで	從正題離開或回到正題時使用。
（三）それでは／では	進入另一階段課題時使用。
（四）一方（で）／他方	進入另一相對課題時使用。
（五）とすれば／とすると	假設情況下進入另一新課題時使用。

例句

1. このように、台湾では少子化により、ここ数年来大学合格者の学力レベルが下がっている。さて、台湾の傾向が判明したところで、以下では、さらに日本と比べて台湾の下がり方がどのようなものになっているかを、資料を使いながら検討していく。

2. ところで、本題に入るが、／ところで、話題は逸れるが、／ところで、話しを本題に戻すが、／ところで、話題は変わるが、～

3. 高齢者のうち家族とよく話す人は、あまり家族と話さない人と比べて、老化現象が緩和されることが分かった。それでは、一日にどのぐらい話しをすれば、老化現象の緩和に効果があるのであろうか。

4. 村上春樹の『1Q84』では、生物の体は遺伝子の乗り物に過ぎないという。とすると、遺伝子の進化は、はたして生物の身体的進化を伴わなければならないのであろうか。

（四）其他重要的日文表達方式

特別以「回顧先行研究」、「研究步驟」、「使用資料」等三項做分類，說明該階段會用到的日文句型。

1. 回顧先行研究：

為了證明撰寫該研究報告或學術論文的必然性，通常都會先回顧相關先行論究，藉以對相關研究不足的地方提出意見，順便帶出自己設定此研究課題的正當性。下面為常見的句型。

表24　用於回顧先行研究時的句型

（一）〜〜についての研究は、	比較的少ない。／殆どない。／不十分である。／十分だとは言い難い。／十分行われていない。／十分には行われていない。／十分に行われているとは言えない。／十分行われているとは言い難い。
（二）〜〜〜〜については、	解明されていない。／未だに解明されていない。／十分に解明されているとは言えない。／十分に解明されているとは言い難い。／詳しく検討されていない。／再検討する余地がある。／不明な所が多々ある。／詳細は不明である。／未解明の部分が多い。／未解明の部分が残されている。

例句

1. 空気中に溢れる放射線の量によって、人体が受ける影響がどれほどのものかについての研究は、現在でも十分に行われているとは言えない。

2. UFOの飛来や人類との接触の実態については、不明な所が多々ある。

2. 研究步驟：

　　明確交代研究步驟，可以讓閱讀者明白執筆者的本意以及執行順序，讓閱讀者跟得上執筆者的理念。而且，還可以客觀判斷這樣的研究步驟，是否能完成所設定的研究課題。除此之外，更能讓執筆者有個可以依循的研究步驟，不至於在考察的中途，迷失了方向。於是，明確交代研究步驟，可謂利人利己。

表25　交代研究步驟時使用的句型

　本章（本節）では、まず、〜〜について〜〜する。次に、〜〜を〜〜考察する。最後に、〜〜に関して〜〜纏める。

例句

　本章では、まず、アンケート調査の目的、調査内容、調査方法について説明する。次に、調査した結果を分析、詳述する。最後に、調査結果に基づいて、その原因を考え、人間と環境との関係に関して総合的に纏める。

3. 使用資料：

　　撰寫專題報告或學術論文時，明確交代使用資料也是很重要的。這也可以算是與閱讀者間的溝通橋樑。只要能建立起與閱讀者間的溝通橋樑，便可與閱讀者站在同一立場，來閱讀該專題報告或學術論文。

表26　交代使用資料時使用的句型

　〜〜を究明するにあたって、本章では、〜〜を資料として使用することにした。

例句

　　台湾における日本語学習の環境変化を究明するにあたって、本章では、財団法人国際交流基金による2000年度と、2010年度の調査を資料として使用することにした。

　　只要能善加利用以上26個表格中所列的論文中常見的各類日文表達方式，從此以後在撰寫上，就不會再感到無所適從，將會駕輕就熟了。

第**8**課

提升成品質感的技巧：嵌入非文字之影像、圖表資料

學習重點說明

➲ 藉由嵌入非文字之影像、圖表等具體視覺資訊，提升成品質感。

➲ 將圖表上的資料轉換成文字的敘述。

➲ 提升技巧方式：先鋪陳圖表上的數據，之後陳述其間的變遷，最後導出趨勢。

接續第7課「論文中常見的各類日文表達方式」，本課鎖定利用嵌入非文字之影像、圖表等具體視覺資訊，藉以提升成品質感，並具體舉出實例做說明。提醒讀者，任何專題報告或學術論文的題目，都可以使用此方法來提升成品的質感。此方法效果奇佳，且屢試不爽，保證一定可以獲得更高的評價。你不妨也嘗試看看吧！

一、嵌入非文字之影像、圖表的優點以及注意事項

進入具體實例說明之前，須先建立嵌入非文字之影像、圖表等具體視覺資訊必要的共識。

專題報告或學術論文中，一長串的文字敘述，常常會讓閱讀者產生視覺上的疲勞。如果能夠在文字當中加入一些非文字之影像、圖表等具體視覺資訊，不但可以喚起讀者的注意，還能引發閱讀的興趣。尤其由於影像、圖表等具體視覺資訊易懂，而且又為訴諸於客觀數據或數值變化的曲線，除了不會像因閱讀文字敘述那麼疲勞之外，對於增加論述的客觀性、說服力方面，也有很大的助益。只是要提醒讀者，有些事項如果沒有注意到的話，反而會弄巧成拙，須小心留意。另外，專題報告或學術論文上呈現的影像、圖表，可以由執筆者自己攝影或繪製，當然也可以引用他人的攝影或繪圖，這些都是被允許的。

茲簡單羅列嵌入非文字之影像、圖表的優點以及注意事項：

（一）嵌入非文字之影像、圖表的優點：

1. 提出影像、數據資料，容易獲得閱讀者的共鳴，引發閱讀的興趣。

2. 比較影像、數據資料間的差異，讓閱讀者推敲出不同因素間的關連性。

3. 呈現影像、大量且複雜的數據資料，可以讓閱讀者於短時間內融入情境。

4. 強調影像、數據資料間的變化走勢、模式，藉以強化主張，成為有力的觀點。

5. 提升成品的質感以及可信度。

（二）嵌入非文字之影像、圖表的注意事項：

1. 繪製影像、圖表的主旨，須清楚交代。

2. 繪製影像、圖表時，以簡明扼要、有系統、有條不紊為準則。

3. 影像、圖表非裝飾品，須與論文本文有直接的關連性。

4. 處理大量且複雜的數據資料，須精簡、篩選成一目瞭然的圖表，以免讓閱讀者一頭霧水，更加混亂。

5. 影像、圖表的來源，須明確標記。

6. 影像、圖表上各項數據的年份、單位、測量尺度等，須詳加標示。

7. 影像、圖表上各項形狀符號，須詳加說明所代表的意思。

　　明白了嵌入非文字之影像、圖表的優點以及注意事項之後，就更能貼近繪製影像、圖表的原意。之後再進入如何將圖表資料轉換成文字敘述的五個階段，就可以試著進行嵌入非文字之影像、圖表的程序了。

二、將圖表資料轉換成文字敘述的五個階段

接下來分成五個階段，說明如何將圖表資料轉換成文字敘述。

第一個階段，說明製作圖表的主旨。

第二個階段，說明從圖表上的數據可以看出的重點。

第三個階段，說明圖表上的數據。

第四個階段，比較圖表間的數據差異。

第五個階段，透過比較圖表間的數據，進而讀解出趨勢。

此五個階段並非一定非如此不可，有時會依情況需要，將第二、三、四個階段調換順序敘述，這樣也是可以的。

另外，前面也提及，專題報告或學術論文上呈現的影像、圖表，須標記資料來源。如果是自己繪製的影像或圖表，用日文「論者が撮影したものである」或「論者作成による」表達即可。如果不是自己繪製的影像或圖表，而是出自某書籍，那麼該書籍的出版相關完整資料，包含該影像所在的頁碼都須標記清楚，例如用「中村明（2002）『文章作法入門』筑摩書房P20による」或「木下是雄（1994初・1998）『レポートの組み立て方』筑摩書房P80による」來表達即可。另外，因為圖表數據繁瑣，或因為複數圖表想統整成一個圖表時，則可以用「論者が中村明（2002）『文章作法入門』筑摩書房P20に掲げた図に基づいて編集したものである」來交代。

三、嵌入圖表於論文本文中的實例

　　參照上述說明，舉出將日本2009年人口變化圖嵌入論文中的實例，以供參考。

實例

　　日本の年齢別男女人口構成について、次のグラフを見てみよう。

グラフ1　日本の年齢別人口構成

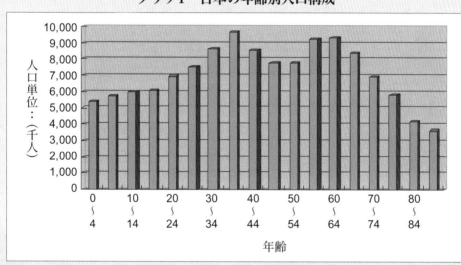

（注）総務省統計局（2011）「人口推計（平成21年10月1日現在）結果の要約」
http://www.stat.go.jp/data/jinsui/2009np/zuhyou/05k21-4.xlsのデータに基づき、必要部分を作図。

　　以上のグラフは、2009年10月1日現在の日本の年齢別男女人口構成を示している。このグラフからは、以下のような日本の人口の特徴が分かる。
（1）日本の人口構成は若年人口が少なく、中年以上の人口が多い「M型」の先進国によく見られる形をしている。（2）日本の中年以上の人口は、60才前後と40才前に男女ともに非常に大きなピークが見られ、人口

構成上、大きなアンバランスになっている。日本では、60才前後のピークは「団塊の世代」、40才前のピークはその子どもたちの「団塊ジュニア世代」と言われている。（3）日本の人口のうち、30才以下の人口は年々減り続けており、0～4歳の子どもたちの数は約500万人で、最も人口が多い「団塊の世代」約800万人の約3分の2以下になっている。

このグラフは、日本の人口構成が急速に少子高齢化している特徴をよく示している。また、60才前後のピークである「団塊の世代」が今後、停年退職していく中で、労働人口が次第に減少していく傾向をも示している。

以上のことから、日本社会は21世紀前半に以下のような問題に直面すると予想される。

（あ）「団塊の世代」の退職に伴い、年金や医療などの社会福祉費用の負担が急激に増加していく可能性が考えられる。

（い）日本の若年層は年々減少しており、今後、若い労働力が極度に不足する可能性が高い。

（う）日本社会は、老人人口と中年人口が多く、若い世代が極端に少なくなる逆三角形に近い人口構成になり、社会的活力をいかに保つかが、今後最も重要な課題になる。

實例說明：

　　圖的下方為交代資料的來源，切記不要遺漏這個重要的地方。而圖表的標題也加上「日本の年齢別人口構成」，這是非常合宜的。

　　實例中的「以上のグラフは、2009年10月1日現在の日本の年齢別男女人口構成を示している」，可以看作第一個階段，它用來說明製作圖表的主旨。

　　而實例中的「このグラフからは、以下のような日本の人口の特徴が分かる。（1）日本の人口構成は若年人口が少なく、中年以上の人口が多い「M

型」の先進国によく見られる形をしている。（2）日本の中年以上の人口は、60才前後と40才前に男女ともに非常に大きなピークが見られ、人口構成上、大きなアンバランスになっている。日本では、60才前後のピークは「団塊の世代」、40才前のピークはその子どもたちの「団塊ジュニア世代」と言われている。（3）日本の人口のうち、30才以下の人口は年々減り続けており、0〜4歳の子どもたちの数は約500万人で、最も人口が多い「団塊の世代」約800万人の約3分の2以下になっている」為第三、四個階段的混合型，它說明了圖表數據間的差異。

　　再者「このグラフは、日本の人口構成が急速に少子高齢化している特徴をよく示している。また、60才前後のピークである「団塊の世代」が今後、停年退職していく中で、労働人口が次第に減少していく傾向をも示している」為第二個階段，它用來歸納從圖表數據看出的重點。

　　雖然第三、四個階段與第二個階段的順序前後調換了，但也無所謂。也就是說，可依執筆者個人需求情形，將第二、三、四個階段等中間敘述部分調換順序也沒關係。

　　至於「以上のことから、日本社会は21世紀の前半に以下のような問題に直面すると予想される。（あ）「団塊の世代」の退職に伴い、年金や医療などの社会福祉費用の負担が急激に増加していく可能性が考えられる。（い）日本の若年層は年々減少しており、今後、若い労働力が極度に不足する可能性が高い。（う）日本社会は、老人人口と中年人口が多く、若い世代が極端に少なくなる逆三角形に近い人口構成になり、社会的活力をいかに保つかが今後最も重要な課題になる」則為第五個階段，這是透過比較圖表的數據而解讀出的趨勢。

　　若能將任何圖表的內容，轉換成類似上述的文字敘述，就稱得上是達到水準了。

練習題

請閱讀下面三篇日文文章，特別注意在段落之後，如何用日文接續表達圖表的特徵以及變化。

1.

　2009年発行の『平成20年度版国民生活白書』には、日本国民の生活満足度が出ている。二つの指標があり、一つは国民の経済的豊かさを表す指標として、一人当たり実質GDPの変化が出ている。もう一つは、生活満足度の変化が出ている（図1）。

　ここから分かる点は三つある。

図1　生活満足度及び一人当たり実質GDPの推移

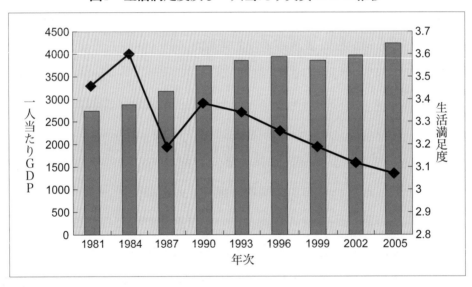

出典：内閣府（2009）「第1章第3節社会の主体としての消費者・生活者〜幸福の探求
　　　第1-3-1図」『平成20年度国民生活白書』を参照し作成。

2.

　所得水準が低い途上国と先進国では、幸福度に違いがあるのであろうか。

　世界価値観調査（World Values Survey）の2005年のデータによると、1位はニュージーランド、2位はノルウェー、3位はスウェーデンであった。その中で、日本は25位、台湾は32位であった。上位20位までの国の傾向を見ると、以下の図2のようになる。

　ここから分かる傾向として、以下の点をあげることができよう。

図2　一人当たり実質GDPと幸福度の関係

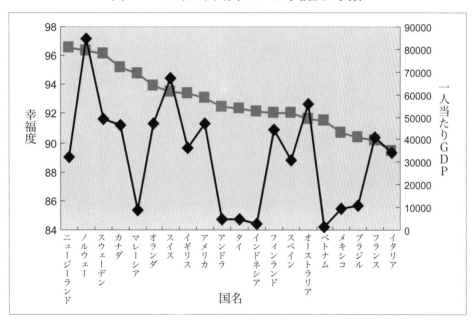

出典：2005年世界価値観調査（World Values Survey）のデータと世界経済のネタ帳
　　　「世界の一人当たりの名目GDP（USドル）ランキング」
　　　http://ecodb.net/ranking/imf_ngdpdpc.htmlのデータを参照し作成。

3.

　所得の不平等の変数としてジニ係数がある。ジニ係数が高いほど国内での所得の差が大きく、お金持ちと貧窮者の経済的格差が大きいことを意味している。国連の計算によるジニ係数と世界価値観調査（World Values Survey）の2005年のデータの関係をグラフにすると、以下のようになる。

　これを見ると、実に興味深い事実が分かる。

図3　幸福度とジニ係数の関係

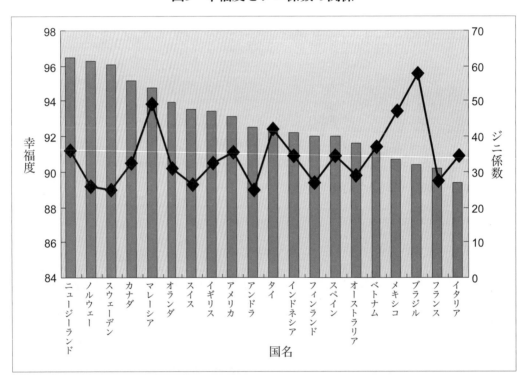

出典：2005年世界価値観調査（World Values Survey）のデータとWikipedia「国の所得格差順リスト」のデータを参照し作成。

彙整龐雜資料的最高準則：異中求同、同中求異

學習重點說明

➲「歸納法」與「演繹法」之區別。

➲ 處理龐雜資料須應用到的分類觀念。

➲ 在分類的概念上，進行「異中求同、同中求異」的鋪陳。

➲ 鋪陳「異中求同、同中求異」之後，須統整出全體的趨勢。

本課要學習的是如何處理龐雜的資料，讓雜亂無章的資料，能夠井然有序地呈現。

撰寫專題報告或學術論文時，一定要閱讀無數的資料後，才能過濾出自己所需的參考文獻或引用資料。且雖然已經是過濾過的，但面對如此龐雜的參考文獻或引用資料，仍不免需要費神地加以處理。特別是想要讓資料呈現得既有脈絡又有系統和條理，就必須先建立分類的概念。而分類的基準，又必須經得起各方的考驗。此時，分類的基準就必須明確、清楚。當分類基準明確、清楚之後，還要把握「異中求同、同中求異」這樣的方向，才能進行資料的鋪陳，並統整出整體的趨勢。以上說明，儘管看來相當繁瑣，但若能依照上述的步驟，便可以讓龐雜的資料看起來有系統、有條理，達到井然有序的絕佳效果。

一、「歸納法」與「演繹法」之區別

在建立分類的概念之前，須先複習撰寫「論文之推論」時，常用的「歸納法」與「演繹法」。有關「歸納法」與「演繹法」之區別，詳見本書姊妹作《我的第一堂日文專題寫作課》第12課。

簡單來說，「歸納法」是一種「問題意識→考察」的過程，也就是「羅列資料→比較、分析資料→適時適宜地引用佐證資料→導出結論」的過程展現。

而「演繹法」則是一種「問題意識←假定結論或下結論→實驗考察」的過程，也就是「介紹實驗步驟→分析實驗所得數據→適時適宜地引用佐證資料→再次強調結論」的過程展現。

兩者之間最大的差別，在於導出「結論」的時機的不同。「歸納法」是經過考察、比較、分析之後才導出「結論」；「演繹法」則是一開始就提到「結

論」，等到交代完考察過程之後，又再次強調「結論」。

　　理工科等自然科學領域的學術論文，多半採用「演繹法」來撰寫。而人文社會領域的學術論文，多半採用「歸納法」來撰寫，才能免去質疑，或是得到更大的迴響、共鳴。因此撰寫人文社會領域的專題報告或學術論文時，建議還是使用「歸納法」比較保險。

二、訂定分類的基準

撰寫專題報告或學術論文時，一定要處理龐雜的資料。而處理龐雜的資料時，就須明確訂立分類的基準。特別是使用「歸納法」這種推論方式時，一定會用到分類的基準。

分類的基準，一般說來，只要能涵蓋所有龐雜的資料，粗略訂定即可，並不需要細分。例如以上課學生的「身分」當作基準來分類，可分類成「正規生」與「旁聽生」。而「正規生」又可以以「入學年度」為基準來分類，分類成「正修生」與「重修生」；「旁聽生」則可以以「國籍」為基準來分類，分類成「本籍生」與「外籍生」。

上述的分類，圖示如下：

圖1

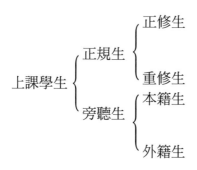

從圖1，可以輕易看出兩個層次的分類。只要每個層次的分類基準明確、清楚的話，資料的分門別類都可以獨立，並經得起考驗。

還有雖然使用同樣的資料，根據不同的分類基準，就會呈現不同的分類群組。例如剛剛的學生，也可以以上課學生的「性別」當作基準來分類，分類成「男生」與「女生」。而「男生」又可以以「外表」為基準來分類，分類成「戴著眼鏡的人」與「沒戴著眼鏡的人」；「女生」則可以以「頭髮的長度」為基準來分類，分類為「頭髮過肩的人」與「頭髮沒有過肩的人」。

上述的分類，圖示如下：

圖2

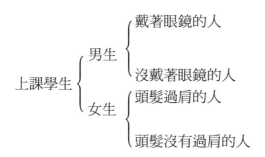

　　由圖2分類學生的兩種分類來看，不同的分類基準，就會呈現不同的分類群組。那麼哪個分類基準比較好呢？其實分類基準並沒有好壞之分，只有依需求而有所不同。只要能符合需求，使用哪種分類都可以。

　　另外，如果有些資料太複雜，不見得能用兩種來分類，也可以分為若干類，只要切記分類的基準必須明確即可。例如龐雜的資料明顯可分成兩類，其中某些資料卻看不出一定的趨勢時，就建議將資料分為「第一類」、「第二類」、「其他」這三類來處理。總之，無法分類的資料，不一定硬要擺進分類的其中之一，這樣反而顯得格格不入，無法說服他人。此時不如另立新的一類來處理，反而比較清楚。

　　例如以上課學生的「有無拿到學分」當作基準，可分類成「拿到學分的學生」、「被當的學生」、「其他」三類。而「其他」當中包括了因為期末請假，雖然參加了補考，但成績還沒公布的學生。也包括外系旁聽生或大三學生留學回來升上了大四，再回來旁聽的本系生。除此之外，還有老師的愛慕者等等。像這些無法以一個公定的基準來分類的群組，都可以用「其他」來囊括。

　　分類結果以下圖來明示：

圖3

上課學生 ┤
　　拿到學分的學生
　　被當的學生
　　其他 ┤
　　　參加了補考，但成績還沒公布的學生
　　　外系旁聽生
　　　大三學生留學回來升上了大四，再回來旁聽的本系生
　　　老師的愛慕者

 練習題（一）

請依據明確的分類基準，試著將下面的例子做分類。

1. 歸國學人

2. 日文字典

3. 獲得獎學金的學生

練習題（二）

請依據明確的分類基準，試著增加一項「其他」的分類，將下面的例子做分類。

1. 被勒令退學學生

2. 投資理財

三、把握「異中求同、同中求異」的方向

　　訂定明確的「分門別類」基準之後，專題報告或學術論文不是就此完成。畢竟要是這樣就算完成的話，這篇專題報告或學術論文，也未免太過膚淺了。

　　為了強化專題報告或學術論文的深度，建議把握「異中求同、同中求異」這樣的方向，來進行論述。也就是說，分類的處理原則是先依據「異中求同」，從不同當中找出相同的，這就是論述的第一個層次。有了第一個層次之後，不能以此為滿足，因為這樣的論述還不夠有深度。解決方式是依據「同中求異」，進一步再從相同當中找出不同的，這就是論述的第二個層次。唯有兼顧第一個與第二個層次的論述，才能加強論述的深度。

　　另外，要注意第一層與第二層的順序不可以顛倒，甚至可以說，若不能延伸至第二層，深化論述的效果不彰，對整篇專題報告或學術論文也沒有多大的用處。只有多運用「異中求同、同中求異」的技巧，才能從五里霧中看到明確的方向。就過往的經驗，凡是運用「異中求同、同中求異」的技巧，撰寫畢業論文或碩士論文畢業的學生，皆深受其惠。只要能掌握「異中求同、同中求異」的精髓，所有處理龐雜資料的難題，相信都能迎刃而解。

四、常見「異中求同、同中求異」的日文表達句型

　　既然知道「異中求同、同中求異」此一方向，是處理龐雜資料難題的法寶，不妨也試著運用看看。下面介紹常見的「異中求同、同中求異」的日文表達句型。

　　首先是「異中求同」。當要提及不同事物當中的共同點時，可以使用表1的「二者間的比較（力求共通點）」的句型。

表1　二者間的比較（力求共通點）

1. AもBも〜という点では、同じである。／同様である。／変わらない。／変わりがない。／相違はない。／共通している。／共通である。／違いはない。
2. AもBも、どちらも〜。／いずれも〜。

例句：

　　日本の納豆も台湾の臭豆腐も、大豆を発酵させて作った食べ物という点では、同じである。

接下來是「同中求異」。當要提及相同事物當中的不同點時，可以使用表2「二者間的比較（力求不同點）」的句型。

表2　二者間的比較（力求不同點）

1. AはBに比べると、/ と比べて、〜。
2. AよりもBのほうが〜。
3. Aは〜が、しかし、Bは〜。
4. Aは〜という点で、Bとは違う。/ 違っている。/ 相違している。/ 異なる。/ 異なっている。
5. Aが〜のに対して、Bは〜。
6. AはBと反対に、/ 対照的に、〜。
7. Aは〜。それに対して、Bは〜。
8. Aは〜。一方、/ 反面、Bは〜。

例句：

2006年に発表された厚生労働省の「日本人の平均余命平成18年簡易生命表」[1]によると、高齢化が進んでいる日本では、男性の平均寿命が79.00才であるのに対して、女性は85.81才となっている。

---

[1] http://www.mhlw.go.jp/toukei/saikin/hw/life/life06/index.html （2010年2月閲覧）

練習題（三）

請用「異中求同、同中求異」的原則，比較下列事物的不同點與相同點。

1. 日本人與中國人

2. 父母親與小孩

五、鋪陳「異中求同、同中求異」之後，統整出整體的趨勢

學習上述表達「異中求同、同中求異」的句型之後，別忘了需要統整出整體的趨勢，才算大功告成。舉出下面實例，以供參考。

實例

　日本の「赤飯」も台湾の「油飯」も、お目出度いことがある時に食べる料理であるという点では共通している。どちらも作り始めから出来上がりまで、何時間も掛かってしまう手間のかかる料理である。一方、相違点として、「赤飯」はゴマ油やサラダ油は一切使わず、具は小豆だけで単純なのに対して、「油飯」の場合は様々な具を入れ、ゴマ油やサラダ油を使う凝った料理ということが挙げられる。

　この「油飯」は台湾を代表する料理だから、どこでも同じ味かというと、実はそうではない。南部で育った人が北部の「油飯」を見て、そのご飯の硬さに驚き、「チャーハンのような、この料理は何というのか」と聞いたというのは、台湾でよく耳にする笑い話である。ご飯が硬いので、違う料理だと思ったのである。

　南部の「油飯」は、もち米を洗ってから、炊飯器で炊く。そして炊いたもち米を、十分に味つけした具と一緒に中華鍋に入れて炒める。もち米は一度炊いてあるため、口当たりが柔らかい。それに対して、北部の「油飯」は、洗ったもち米を炊かずにそのまま、十分に味つけした具と一緒に中華鍋に入れて炒める。もち米を生のまま炒めるため、ご飯にはしっかりした歯応えがあり、南部の「油飯」に比べるとかなり硬めである。

このように、台湾は小さい島だと言うものの、同じ「油飯」でも場所によって調理法が大きく異なり、食感のかなり違う食べ物になっている。

　　ところで、南部の「油飯」も北部の「油飯」も、おいしいという点では変わりはないが、両方とももち米で出来た料理のため、消化しにくい。また、どちらも日本の「赤飯」と比べれば、ずっと油っこい。健康を考えるのなら、一度にたくさん食べすぎないように注意した方がよい。

　　第一段文章的第一行與第二行，從「赤飯」與「油飯」中找出共通點，是力求「異中求同」的模式。而第一段文章的最後兩句，從「赤飯」與「油飯」中找出不同點，則是力求「同中求異」的模式。

　　第二段、第三段文章，再將「油飯」細分為「南部の油飯」與「北部の油飯」。而第四段文章，則是對「南部の油飯」與「北部の油飯」的不同，統整出整體的趨勢。最後第五段又拉回「赤飯」與「油飯」的差異性，並在最後一句總結出執筆者的意見。

　　請參考下面的示意圖：

圖4

お目出度いことがある時に食べる料理　┌ 日本の「赤飯」
　　　　　　　　　　　　　　　　　　└ 台湾の「油飯」　┌ 北部の「油飯」
　　　　　　　　　　　　　　　　　　　　　　　　　　└ 南部の「油飯」

　　處理龐雜資料之際，若能像上述例子般掌握「異中求同、同中求異」的方向，明確地用日文表達出其間的層次感，並統合出整體趨勢與總結意見，就更能高人一等了。

✏️ **練習題（四）**

請參考上述的實例，將下面圖示東西的關連性，還原成文字敘述。

1.

月見をする時に食べるもの ┤ 日本の「月見団子」

台湾の「月餅」 ┤ カロリーの高い「月餅」

カロリーの低い「月餅」 ┤ 焼き肉

2.

台湾で人気の若者文化 ┤

日本の若者文化 ┤ テレビ系
歌謡系
漫画アニメ系
ファッション系 ┤ 各種スタイル
アクセサリー
コスプレ
グッズ系

韓国の若者文化 ┤ ドラマ系
歌謡系
ファッション系

推論方式：
三段論法
（由前提來推論）

➲ 認識「三段論法」，並藉由「三段論法」增加推論的可信度。

➲ 建立以事實為基準、使用前提來進行推論的概念。

➲ 由前提（理由）進行推論的日文表達常見句型。

第9課談論過處理龐雜資料時，可以用「異中求同、同中求異」的方式建立分類的概念，進而增加論述的層次感，強化論點的可信度。

本課將學習如何巧妙地利用「三段論法」，把彙整、分類出的具體資料、事實當作依據，再配合大前提、小前提的運用，引導出結論，增加推論的可信度。此外，也將學習如何運用常見的日文表達方式，來表達推論的過程。

一、認識「三段論法」

眾所周知，「三段論法」是希臘大哲學家亞里斯多德所創立的推理論證法，普遍應用於推論上。

三段論法是由三個命題所組成，其中第一和第二兩個命題，作為推論的根據或理由，稱為「前提」，至於第三個命題，則稱為「結論」（推論）。由於結論與前提之間擁有關連性，所以可以順著前面兩個命題（前提），推論出第三個命題（結論）。簡單用一句話來說明：結論是由前提所推論出來的。比方說「A＝B」，又「B＝C」，所以可以推論出「A＝C」的結果。

茲將此推論關係，用簡單的例子來說明：

大前提：人都是會死的。

小前提：老王是不折不扣的人。

結論（推論）：老王有一天會死。

在處理龐雜資料，無法釐清頭緒時，如果能應用「三段論法」，便能將資料中蘊含的訊息（前提），導出一定方向的結果（推論），值得一試。

二、由前提（理由）進行推論的日文表達常見句型

推論時，在前提的配合下，還要有事實來背書。於是往往會有個認知的事實存在，而在此既定的事實中，當出現前提時，才可以進行合理的推論。以下用圖來說明推論的模式：

圖1　推論的模式

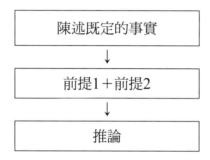

要用日文來表達此推論的模式時，可以利用下面常見的推論句型。

表1　常見的推論句型

～～～～～～～～～～～～～～（陳述既定的事實）～～～～～～～～～～～～～～。～～～～～～～～～～～～～～～～（前提1）。また（その上／さらに）、～～～～～～～～～～～（前提2）。ということは（このことから）、きっと～～～～～～～～～～～に相違ない（違いない／と推測される）。

請參考下面例句，就會明白如何套上常見的推論句型，用日文實際來表達。

例句1

事実：ドイツの共通語はドイツ語で、ベルリンでは英語はあまり使われて
　　　いない。
前提1：ベルリンで環境保護会議があった。
前提2：村上さんは、その会議で研究発表した。

推論

　ドイツの共通語はドイツ語で、ベルリンでは英語はあまり使われていな
い。また、村上さんはベルリンの環境保護会議で研究発表した。というこ
とは、たぶん村上さんはドイツ語が出来るに違いない。

例句2

事実：アイスランドの火山が噴火した時は、ヨーロッパでは飛行機の便が
　　　必ず乱れる。
前提1：アイスランドの火山が今、噴火を続けている。
前提2：イギリスに出張に行った鈴木さんの帰りが、予定より遅れている。

推論

　アイスランドの火山が噴火した時は、ヨーロッパでは飛行機の便が必ず
乱れる。アイスランドの火山が今、噴火を続けている。また、イギリスに
出張に行った鈴木さんの帰りが予定より遅れている。ということは、きっ
と飛行機の便に乱れが出ているに相違ない。

例句3

事実：平均気温が2度以上上がると、地球温暖化の深刻さが心配される。
前提1：今年の夏は例年よりも猛暑が続いている。
前提2：熱中症で亡くなった人数は去年より二桁も増えている。

推論

　平均気温が2度以上上がると、地球温暖化の深刻さが心配される。今年の夏は例年よりも猛暑が続いている。その上、熱中症で亡くなった人数が去年より二桁も増えている。ということは、たぶん現状でも地球温暖化は相当深刻に進んでいるに違いない。

例句4

事実：出身校が有名校なら、社会競争力が高いのではないかと考えるのは自然なことである。
前提1：岡本さんの出身校は、日本ではトップ校の東京大学である。
前提2：岡本さんは卒業後、すぐ一流企業に入った。

推論

　出身大学が有名校なら、社会競争力は高いと考えられる。岡本さんの出身大学は、日本ではトップクラスである。さらに、卒業後、すぐに一流企業に入った。このことから、きっと岡本さんの社会競争力は相当高いものと推測される。

 練習題（一）

請依據下面陳述的既定事實，配合兩個前提，來進行推論。

1.

事實：子供が不機嫌な時に、必ず「お腹が痛い」と言う。特に母親に怒られた
　　　場合は、よく体の不調を訴えることがある。

前提1：さっき子供はテレビに気を取られて、ジュースを床一面にこぼしてし
　　　まい、母親に怒られた。

前提2：子供は、さっきからまた「お腹が痛い」と言い出した。

推論：

2.

事実：歴史の豊かな町なら、古い伝統を守り抜いている住民の生活様式が見ら
　　　れるのではないかという考えは、当然である。

前提1：A町は、名所古跡が多く残る町である。

前提2：先祖代々A町に住んでいる岡本さんは、古くから伝わってきた仕来り
　　　に従って、長閑な生活を送っている。

推論：

3.

事実：昔から台湾では、飲食店を経営すれば、生活には困らないと言われてい
　　　る。

前提1：Bさんは、ラーメンの店を去年から始めた。

前提2：Bさんの店のあるC街には、レストランや食堂などがかなりできてき
　　　た。

推論：

三、由前提（理由）進行推論的範例

範例

　　2003年に国際交流基金が公表したデータから分かるように、日本語教育の大きな責任を高等教育機関が担っていること、そして2005年の日本語能力試験の受験者数が人口比率から見て世界一という記録を保ったことの二点から見れば、台湾における日本語高等教育機関は、社会的にも重要な役割を果たしてきたと言えるに違いない。しかし、現時点（2010年）で台湾における日本語高等教育機関は大きな課題を抱えている。それは、台湾の教育部（日本の文部科学省に当たり、台湾の教育全体を主管する中央行政機関）が財団法人高等教育評定センター基金会（中国語の正式名称は「財團法人高等教育評鑑中心基金會」）に依頼し、5年計画の「大学評定制度」を実施する決定を下したことである。台湾での「大学評定制度」とは、「高等教育機関の学科運営と教育および成果に関する監査と評定」をさしている。

　　從範例中可以看出，由前提1「2003年に国際交流基金が公表したデータから分かるように、日本語教育の大きな責任を高等教育機関が担っていること」，以及前提2「2005年の日本語能力試験の受験者数が人口比率から見て世界一という記録を保ったこと」兩個命題，可以推論出第三個命題「台湾における日本語高等教育機関は、社会的にも重要な役割を果たしてきたと言えるに違いない」。到此，可以看作一個完整的推論過程。

　　但是專題報告或學術論文的文章，不會就此結束，繼之總會展開新的話題。如果就上面的範例來看，一個完整的推論過程結束之後，若要展開另一新話題

「現時点（2010年）で台湾における日本語高等教育機関は大きな課題を抱えている」，而推論與此新話題又處於對立的關係時，就要放置「しかし」來轉折。至於該課題為何呢？則以「それは、〜〜〜〜〜のことである」來具體明示。

　　如此地，撰寫專題報告或學術論文的文章時，除了呈現推論的過程之外，也必須考慮與接下來的話題的接續或延伸，才能讓文章產生律動感。建議不妨也多注意推論過程與其他話題接續、延伸的可能性。

 **練習題**（二）

請從下面的文章中，找出前提與推論出的結果，並且找出延伸出來的話題。

　　日本では1970年代から毎年かなりの予算を使って、地震と津波に対する防災対策を継続しておこなってきた。日本政府も日本人も防災は十分ではないかと考える人が増え、2009年からは民主党の蓮舫行革特命担当大臣のように、防災予算を無駄な予算として削減しようとする動きも見られていた。

　　そんな2011年3月11日午後、日本ではマグニチュード9の規模の東北関東大震災が発生し、さらに場所によっては40メートルを超える大津波が発生した結果、2万人を越える住民がほぼ一瞬にして亡くなった。また、津波の被害により、福島県の福島第1原子力発電所では電源が遮断され、3基の原子炉がメルトダウンして次々に水素爆発を起こし、チェルノブイリ原発事故と同じように大量の放射性物質が排出されて、日本を中心に世界中に広がってしまった。大震災から4ヵ月経った今でも、復興と原発処理はほとんど進んでいないため、被災地住民は大変な苦悩をかかえている。

　　今回の大震災と大津波のデータから分かる教訓には、以下の点が挙げられる。

まず、想定を超えた大地震と大津波が発生する危険は絶対に否定できないということである。今回の地震は869年、平安時代前期の日本で起こった巨大地震・貞観地震（じょうがんじしん）の再震と言われている。貞観地震の研究では、今回の大津波と同じ被害があったことが数年前から報告されてきた。1000年に1回しか起こらないような地震でも、地球の歴史上では必ず繰り返し起こるのである。

　次の教訓は、かなりの防災対策を行っている都市と訓練された住民でも、大地震が非常に大きな被害をもたらすことは避けられないという事実である。東北地方の太平洋岸では今までも大津波の経験があり、さまざまな対策と訓練を行っていたが、今回の大震災ではほとんど役に立たなかった。

　同時に注意すべき点は、大地震と大津波の危険がある地域に、原子炉などの危険な施設があると、いくら対策をしていても取り返しのつかない大事故につながるという事実である。日本政府は今まで、「原発は対策をしているから万全だ」と宣伝してきたが、今回の事故によって、施設自体にまったく対応力がないばかりでなく、政府や電力会社にも危機処理能力がないことが明確になった。

　今回の大震災から見ると、現時点（2011年）で日本における地震、津波対策は非常に大きな課題を抱えている。それは、第1に防災対策の進め方である。民主党政権のように、今すぐ役に立たない予算は削るという政策運営をすると、今後、発生する関東大震災や東海大地震などへの対応ができなくなる可能性が高い。しかし、今回の地震で分かったように、今までと同じ対策では、緊急の役には立たないという点も考えなくてはならない。どんな対策をすれば効果があるのか、日本の防災対策は大きな転機を迎えている。

練習題（三）

請從下面的文章中，找出前提與推論出的結果，並且找出延伸出來的話題。

　　日本では、311東北関東大震災の後、生活を見直そうとする動きが広がっている。幸福と経済力との関係についても、かつてのような「お金イコール幸福」という価値観が正しいのかどうか、疑問が提起され始めた。今まで私たちは「会社は儲けなければ意味がない」「仕事はお金を稼いでこそ意味がある」と考え、ひたすらがむしゃらに働き、金銭をなるべくたくさん蓄財することが幸福であり、人生の目標だと思っていた。ところで、2011年8月に原子力行政のトップだった通商産業省の官僚が辞任したが、原子炉爆発の責任を取ることもなく、巨額の退職金を平然と受け取った。今の日本人のエリートを見ていると、「守銭奴」ということばが自然と脳裏に浮かんでくる。日本人はお金の稼ぎ方や使い方を忘れてしまったのではないだろうか、と悲しくなった。

　　そんなとき、アメリカの有名な経営学者ドラッカーが「利益は企業存続の条件であって目的ではない」という名言を残しているのを知った。いったいこのことばはどういう意味を持つのだろうか。

　　利益とは簡単に言えば、収入のことである。しかし、ドラッカーは、収入は存続の条件であって目的ではない、つまり仕事の発展や活動の条件であって目的ではないと言っているのである。会社であれNPO団体であれ、利益を求めるとは言えない学校のような組織でも、組織を維持して事業を発展させるには資金が必要である。だから「利益は存続の条件」ということばは、企業や事業を維持し発展させる、あるいは活動を充実させるには資金が必要不可欠ということである。ここまでは誰でもわかっている。

しかし、大事な点は、それだけでは組織や活動の目的にはならないという点であろう。いくら会社が大きくなり事業規模が拡大しても、それだけでは何の目的にもならない。学校にいくら学生が集まり、授業料が増えても、それは学校本来の目的とは何の関係もないのである。

　個人で言えば、いくら収入があっても、どんなに大きな家に住んで贅沢をしていても、いくら巨額の貯金をしていても、それだけでは人生の目的にはならないということである。

　そうした収入や資源は何に使うかという目的によって、会社や団体が生きるか死ぬかが決まってくるということだろう。個人の場合も同じである。結局、得た収入で何をするのか、それを何に使うのか、そこが大切になるということをドラッカーは言っているのである。このことばは、お金だけを目的にして生きてきた今の日本人に、大変大きなヒントを与えてくれている。

　お金は使うためにある、お金は使い方次第だ。今の日本の苦境を乗り切るヒントも、そこに隠れていると言えるのではないだろうか。

第課

意見表達：
贊成意見vs.
反對意見

學習重點說明

➲ 表達贊成意見時，常見的日文表達句型。

➲ 表達反對意見時，常見的日文表達句型。

➲ 意見表達時，須交代支持贊成或反對意見的強而有力的
理由。

➲ 論述理由時，常見的日文表達句型。

當利用分類的概念，將龐雜的資料分門別類，之後又以「異中求同、同中求異」的原則深化論點時，可能會碰到必須對於推論出的結果表示意見、或是必須對於引用的先行論述表示意見的情形。遇到這些情況時，無論贊成或是反對，都要有自己的立場與主張。且表明自己的立場與主張時，必須要有客觀的證據、強而有力的理由來支撐，才能讓大眾信服。本課將學習如何用常見的日文表達方式，客觀表達贊成或是反對的意見。

一、表達贊成意見時，常見的日文表達句型

　　要贊成別人的論點，比反對時容易許多。可是不能每次別人提了什麼論點，就通通表示贊同，因為這樣反而會讓人懷疑到底有沒有自己的立場、見解。所以，必須認清楚撰寫專題報告或學術論文，不是全為了贊成而寫，也不是全為了反對而寫。心態須保持客觀，立場須保持公正，不是為了贊成而贊成，也不是為了反對而反對。只要論點有道理就接受、就同意，但為什麼表示同意，理由一定要交代清楚。同樣地，論點沒有道理就不能接受、就反對，但為什麼表示反對，理由一定也要交代清楚。於是，撰寫專題報告或學術論文時，有時需要表達贊成，有時也需要表達反對，這才是正確的態度。

　　先來看看表達贊成意見時常用的句型。

表1　表達贊成意見的句型

（一）〜〜〜〜の論説に	賛成する。／賛同する。／賛成の意を表したい。／同意する。／同意できる。／耳を傾けるべきである。／異論はない。／共感を覚える。

（二）～～～～の論説は	示唆的である。／重要な指摘である。／傾聴に値する。／注目に値する。／納得できる／傾聴すべきである。／疑い得ない。

　　對某個論點持贊成意見，要用「に」來表示對象。如果用該論點當主語的話，則用「は」來表示主格。無論是用「に」或「は」，各自接續的辭彙不同，請注意使用。再次提醒，不是表示贊成之後就可以了，須一併交代贊成的理由。

例句

　　第二言語の学習においては、初級段階ではまだ目立たないが、上級になればなるほど、母国語の干渉により学習効果が低下するという、海外経験が豊かで、多くの外国人留学生を指導したことのある森本靖史の見解に、異論はない。

　　例句用「見解に、異論はない」的句型表示贊成意見，其見解為「第二言語の学習においては、初級段階ではまだ目立たないが、上級になればなるほど、母国語の干渉により学習効果が低下する」。至於所持理由，則為「外国人留学生を多く指導したことのある」。

 **練習題**（一）

請對下面議題表示贊成意見。

1. 高校入試無試験の政策（高中免入學考試方案）

2. 兵役免除の政策（成人男子免服兵役方案）

3. 不在者投票の政策（不在籍投票方案）

為了加深印象，請進一步參考下面範例。

範例1：表達贊成的意見

> 2011年7月、東京大学の加藤泰浩准教授らの研究チームが、太平洋中部および東南部の3500〜6000メートルの深海底の泥に大量のレアアース資源が含まれていると発表した。レアアース（希少金属）とは、携帯電話やテレビ、自動車などにも使われ、今やITやハイテク産業に欠かせない産出量の少ない金属資源をいう。長年に渡り、太平洋の各地で採取した海底の地層サンプルを分析した上で、出された加藤泰浩准教授らの研究チームによるこの論究は、今後の産業動向を判断する上で傾聴に値する。従来から、中国からのレアメタル供給に依存してきた世界のレアアース市場の問題点が指摘されてきたが、今回の発見による「中国の市場独占は永遠ではない」との主張は、実に的を得ている。

範例中先提出「2011年7月、東京大学の加藤泰浩准教授らの研究チームが太平洋中部および東南部の3500〜6000メートルの海底の泥に大量のレアアース資源が含まれていると発表した」的事實，並對於大家不太熟悉的「レアメタル」（中文為稀有金屬）加以說明，陳述其重要性，是一種被廣泛應用於IT產業上不可或缺的金屬。而深信「東京大学の加藤泰浩准教授ら研究チーム」的發現是事實，所持理由為「長年に渡り、太平洋の各地で採取した海底の地層サンプルを分析した」的持續分析樣本。在相信「レアメタル」的重要發現之後，也對目前獨霸世界市場的中國現狀中提出的「中国の独占は永遠ではない」論點表示同意。

練習題（二）

從下面的範例中找出，贊成什麼？贊成的理由？

　　日本では、311東北関東大震災によって損壊した福島第1原子力発電所から、飛散したり流出したりした放射性物質の影響が広がっている。その影響のひとつは放射性物質による食品汚染である。2011年7月には、福島県南相馬市の畜産農家が出荷した黒毛和牛11頭から、暫定規制値（1キロ当たり500ベクレル）を超える放射性セシウムが検出された。そして、北海道、東京、神奈川、千葉、静岡、愛知、大阪、徳島、高知の各都道府県に流通していたことが分かった。日本政府と厚生労働省は、「継続的に大量摂取しなければ健康に影響はない」と述べ、放射性物質による食品汚染に対して特別な安全対策や再発防止対策は必要ないと主張している。しかし、多くの国民からは国の姿勢を批難する声が日に日に高まっている。

　　考えてみると、日本政府と厚生労働省の放射性物質による食品汚染対策はまったく不十分と言わざるを得ない。流通の監視ばかりではなく、食品の安全について、必要な対策をただちに取るように求めたい。

　　というのは、チェルノブイリ事故で起こった放射性物質による食品汚染では、5年から10年経って、汚染食品を食べていた乳幼児や子どもたちに通常の数十倍のガン等が発生し、発育や精神発達にも深刻な影響が広がったことが、今までの研究で明らかになっている。こうしたデータから見て、今、影響が出ていなくても5年後、10年後には深刻な影響が広がることは避けられない。日本政府と厚生労働省の対策は、今までの科学的事実を無視している。

また、今回の汚染牛肉は、放射性物質で汚染された稲藁や牧草を食べた牛の肉だったことが分かっている。原発から出ている放射性物質は今も、日本各地あるいは大気中に拡散し続けており、ますます汚染の濃度が高まっている。田畑や森林、あるいは河川や湖沼などに大量の放射性物質が溜まっていく可能性があるにもかかわらず、日本政府と厚生労働省は「危険はない」と繰り返すばかりで、地域の汚染実態の基本的な調査も進んでいない。

　　このままでは、5年後、10年後に日本の各地で放射性物質汚染食品の被害が多発することは避けられないであろう。

二、表達反對意見時，常見的日文表達句型

　　要反對別人的論點，比起要贊成別人的論點更加困難。特別是用日文表達負面意見時，更要考慮周詳，慎選遣詞用字，才不會傷了和氣。用日文表達反對意見時，切記須把握「先肯定再婉轉否定」的原則，這樣才符合日本的國情。若用自己的思維，直譯中文成為日文，對日本人直接表達的反對意見，往往會把日本人給嚇著。反對時不需要像中文講得那麼明白、徹底，日文自有一套點到為止的表達反對意見的方式，不妨嘗試使用看看吧！

表2　「先肯定再婉轉否定」的表達反對意見模式

> 　〜〜〜〜〜〜〜〜〜〜〜〜〜。確かに、〜〜〜〜〜〜〜〜〜〜〜には一理ある。しかし、視点を〜〜に変えてみれば（広げてみれば／ずらしてみれば）、〜〜〜〜〜〜〜〜〜〜〜ということも言えるのではないか（と言っても過言ではない）。

例句

> 　　土居健郎は、「甘え」が日本人の心理と社会構造を特徴づける特質であると主張している。確かに、日本人の行動パターンを見る限り、その見解には一理ある。しかし、視点をアジアの周辺地域に広げてみれば、同様の「甘え」は日本と歴史的文化的に関係の深いアジアの周辺国の人々の行動にも見られ、日本独自の特質ではないと言っても過言ではない。

　　例句中先點出「土居健郎は、「甘え」が日本人の心理と社会構造を特徴づける特質であると主張している」的論點，然後對此論點用「確かに、日本人の行動パターンを見る限り、その見解には一理ある」來肯定，之後再用「しかし」轉折話鋒，婉轉地帶出「視点をアジアの周辺地域に広げてみれば、同様の

「甘え」は日本と歴史的文化的に関係の深いアジアの周辺国の人々の行動にも見られ、日本独自の特質ではないと言っても過言ではない」的否定意見。其中「アジアの周辺国の人々の行動にも見られ」為反對的理由。

 **練習題**（三）

請對下面議題表示反對意見。

1. 高校入試無試験の政策（高中免入學考試方案）

2. 兵役免除の政策（成人男子免服兵役方案）

3. 不在者投票の政策（不在籍投票方案）

　　為了進一步加深印象，請參考下面範例。

範例2：表達反對的意見

　　心理学者ユングは、マザーコンプレックスが普遍的に見られる男性の心理的特徴であるとしている。確かに、西洋文学を見る限り、その見解は的を射た論説だと肯定できる。しかし、西洋文学以外の、たとえば儒教を主とした中国文学に目を向けると、マザーコンプレックスはあまり描かれず、決して世界的に普遍的なものとは言い難い。従って、ユングの論説が世界の各地域の文化にどれほど敷衍できるかには大きな疑問がある。その点から見ると、マザーコンプレックスと中国文学との関係という点について、緻密に分析した落合秀樹の論述は注目される。

　　範例中先點出「心理学者ユングは、マザーコンプレックスが普遍的に見られる男性の心理的特徴であるとしている」的論點，然後對此論點先用「確かに、西洋文学を見る限り、その見解は的を射た論説だと肯定できる」來肯定，之後用「しかし」轉折話鋒，婉轉地帶出「西洋文学以外の、たとえば儒教を主

とした中国文学に目を向けると、マザーコンプレックスはあまり描かれず、決して普遍的なものとは言い難い」的否定意見。所持理由為「あまり描かれず」。於是順勢導出「ユングの論説が世界の各地域の文化にどれほど敷衍できるかには大きな疑問がある」的質疑，並同時將另一位對此質疑有精闢分析的先行論述引導出。

　　此範例的最後一句話，頗值得學習。因為一般人往往拋出反對意見之後就結束，對論述毫無建樹。如果也能像範例般，在提出反對意見之後，對質疑部分提出建設性的補強意見或參考書目、文獻，效果更佳。如此一來，除了讓人留下執筆者在撰寫之前已經閱讀無數文獻的良好印象之外，對於學問的提攜並進，更樹立典範。

 練習題（四）

從下面的範例中找出，反對什麼？為什麼反對的理由？

　　2011年3月11日、東北関東地方を襲った大地震によって福島第1原子力発電所では、冷却用電源の全部が一度に使えなくなり、過熱した炉内の水が核燃料と反応して大量の水素を発生させ、大きな爆発が起こった。原子炉から飛び散った放射性物質は、東日本全域に降下し、また大気中に飛散して世界全体に広がっている。海水中にも大量の放射性物質汚染水が流出し、汚染は拡大している。損壊した炉の処理は4ヵ月経った今もほとんど進まず、今後60年以上も処理にかかるという試算も出ている。安全に問題が生じたため、日本の原子炉は事故の後、運転をすべて停止している。

　　そうした中、6月に入って、民主党の海江田万里通商産業大臣が急に、電力がないと日本の物づくりができないので、早急に原子力発電所の運転を再開させるべきという通知を出し、岡田克也民主党幹事長が賛成した。原発によって大きな利益を上げてきた電力会社や関連企業、あるいは電力不足を心配する製造業の関係者は、原発再開を歓迎するコメントを相次いで出している。

しかし、放射線汚染の被害が広がり、生活の基盤を破壊された関係地域の市民や、地震危険地帯にある原発に近い住民たちの間からは、政府の発表に対する批判と反対意見が大きくなっている。今回の民主党の海江田大臣と岡田幹事長の通知には、大きな問題点がある。

　　まず、これだけ大きな被害を出した原発事故について、何らの対策もしないまま目先の経済的利益と選挙対策の人気取りだけを優先して、原発再開を決定したことである。専門家は、関東地方および東海地方での大地震の危険性が現在非常に高まっていると警告している。もし次の大地震が起こると、茨城県の東海村原発と静岡県の浜岡原発でも、福島原発と同じ事故が起こる可能性が高まっている。これ以上、原発事故による放射線汚染が広がる危険を放置して、はたして日本人は日本で生活できるのか。今の政治家はすでに正しい判断力を失っていると言えよう。

　　もう一つは、民主党政権が原発被害者をほとんど救済しないまま、大企業の利益だけを優先する政策を強行していることである。福島原発の被害者には、いままで100万円の一時金決定が出されただけで、4ヵ月経った今も汚染地域から退去させられた市民たちは仕事もできず、生活再建の方針も立てられない状態にある。また、放射性物質汚染のため出荷できなくなった農家や漁業関係者にも、一切補償がされていない。まるで、「一般国民は大切な原発の電力のためには犠牲になって当り前だ」とでも言わんばかりの政府の対応が続いている。民主化された戦後の日本で、ここまで国民の権利が当然のように無視されたのは、まさに社会の危機的状況と言えよう。

練習題（五）

對於「台湾は、海外からの外来文化より、伝統的文化をもっと大切にするべきである」（台灣不該只重視外來文化，應該更重視傳統本土文化）的論調，請各自表示贊成意見與反對意見。

第**12**課

「結論」的寫法

第1課提過，一本專題報告或學術論文的架構，基本上是由「序論」、「本論」、「結論」三個部分組織而成。相信來到了撰寫最後階段的「結論」時，一定既興奮又緊張吧！一路走來雖然辛苦，但到了最後關頭仍須謹慎，不可鬆懈，因為再忍耐一下就可大功告成。

本課將學習如何撰寫「結論」。將依序說明「結論」之必備內容、撰寫時之注意事項、以及基本版與進階版的「結論」範例。

一、「結論」之必備內容與撰寫技巧

一本專題報告或學術論文的基本組織架構，分別為「序論」、「本論」、「結論」。「序論」為提示課題，「本論」為實際的驗證過程，「結論」為解答課題。於是來到撰寫「結論」時，須注意「序論」與「結論」的一致性。也就是說，「結論」要呼應「序論」處所設立的研究課題，並彙整「本論」處考察的結果。至於「結論」之必備內容，則為各章考察的結果（如果各章設有「おわりに」節次的話，就是各章「おわりに」內容的大集合），再加上研究計畫書中的第四項「研究價值與今後課題」。

提到「研究價值與今後課題」，有些學者不太贊成放進「結論」裡。但是時勢所趨，若不用「研究價值與今後課題」來強調該專題報告或學術論文的價值所在，是不會贏得青睞的。甚至某些應考場面，就有主考官會直接問這樣的研究有何價值，因此如果能在專題報告或學術論文的最後階段「結論」處，重新省思「研究價值與今後課題」，並著實下筆的話，一定更能提升外界對該專題報告或學術論文的評價。總之，放不放入「研究價值與今後課題」，筆者認為放入比不放還好，多年審查論文的經驗告訴我，放入會利多於弊，因此極力主張須放入「研究價值與今後課題」。

表1　「結論」之必備內容與撰寫技巧

項目	執行方向	建議處理方式
（一） 「結論」之必備內容	各章考察的結果（如果各章設有「おわりに」節次的話，就是各章「おわりに」的內容）與研究計畫書上的「研究價值與今後課題」。	1. 編排各章目次時，要先設定「おわりに」，以便利「結論」的撰寫。 2. 撰寫時，常常會疏忽擺放「研究價值與今後課題」進去。有擺放的話，評價自然提升。 3. 可以考慮訂定「結論」與「研究價值與今後課題」，會比較清楚，也能呼應「序論」之下的節次。如果不想訂定也無妨，只要保持文章的連貫性即可。
（二） 撰寫「結論」之技巧	拿出「序論」，熟讀一遍之後，才開始動筆撰寫。	1. 檢視「序論」中設定的疑問點、研究課題，有沒有一一獲得解答。 2. 「結論」的內容，必須呼應到「序論」的內容。
（三） 可能會遇到棘手的問題：「序論」與「結論」不一致時	1. 拿出「序論」再深思一遍，並與各章結論互相比較。 2. 發現「序論」與「結論」不搭調的棘手問題時，拿出「結論」再深思一遍，重新撰寫「序論」。	1. 各章結論無法與「序論」吻合時，建議修改「序論」。因為要更改連貫下來的各章結論，工程會比較浩大，倒不如修改「序論」反而省事。 2. 修改「序論」時，須拿出「結論」熟讀一遍，之後再開始動筆撰寫。 3. 注意須與「結論」協調、吻合。

看完表1之後，會發現遵循與「序論」核對的方式來撰寫「結論」的技巧，常常會發生一個棘手問題，那就是「序論」與「結論」不搭調。會發生這種不搭調的現象，有可能是在「本論」考察的過程中，漸漸偏離了「序論」所設定的方向。不過沒關係，此時的處理方式很簡單，建議修改「序論」即可。因為「結論」是彙整各章節的考察成果，不太可能會出錯，且更改連貫下來的各章結論的工程浩大，倒不如修改「序論」比較省事。但是無論如何，切記重新撰寫的「序論」，須與「結論」協調、吻合。

二、撰寫「結論」時之應注意事項

撰寫「結論」時，若能先掌握、了解一些該注意的事項，會比較方便撰寫。注意事項如下表所示。

表2　撰寫「結論」時之應注意事項

注意事項	理由
（一） **力求「結論」與** **「序論」的吻合**	「結論」與「序論」不搭調時，有損全篇專題報告或學術論文的連貫性。「結論」與「序論」的吻合度越高，評價就會越高。
（二） **日文表達方式，盡量少用** **「したい」、「する」、** **「しようと思う」等結尾**	「序論」敘述步驟或問題意識時，經常會使用「したい」、「する」、「しようと思う」等結尾的句子。但是好不容易才來到「結論」，還是多次使用這樣結尾的文章，會令人懷疑到底是要寫「序論」，還是要寫「結論」。
（三） **日文表達方式，盡量使用** **「した」、「であった」** **等「た」形結尾**	由於「結論」是彙整、報告「本論」考察的成果，所以使用「した」、「であった」等「た」形結尾的句子，會比較適宜。
（四） **盡量少加注**	加注可能是為了說明專有名詞、定義等，如果真是如此，那早在「本論」的地方，就應該交代完畢。既然已來到「結論」處，應該無此必要了。畢竟又加注，可能還要引經據典，所以盡量少用為宜。

（五） **盡量少引用他人的** **學說或論述**	「結論」因為是彙整、報告「本論」考察的成果，也是自己展現研究成果的最後重要舞台，所以不需要拱手讓人。若是引用太多文獻，會讓人懷疑是在寫「先行研究」。所以如果真的有必要引用他人的文獻，以最低限度為宜。特別是最後一段落或最後一句話，千萬不要再引經據典。引用知名人士的冠冕學說、論述來加持自己考察的成果，反而會弄巧成拙、自曝其短。一旦曝露出對自己辛苦考察出的成果沒有自信，又如何能說服讀者呢？
（六） **提及研究價值與** **今後課題**	除了讓執筆者明白自己的研究定位與方向之外，也能讓外界更清楚該研究的價值，藉以提升評價。
（七） **須注意篇幅長度以及** **占全篇成品的比例**	越逼近完成期限，越容易草草結束。須考慮與「序論」、「本論」的篇幅相較，比例是否合理，才不致於被批評是頭重腳輕、比例失調的畸形創作。

如果能再多費心注意以上七點，相信撰寫出的「結論」，必定是出類拔萃之作。

三、「結論」基本版的寫作模式以及範例

前面提過「結論」之必備內容，為各章考察的結果，再加上研究計畫書中的第四項「研究價值與今後課題」。如果各章設有「おわりに」節次的話，把各章「おわりに」的內容，複製到「結論」處，就成為一個基本版的「結論」了。

儘管說是複製過來就可以，但總不能一字不改、依樣畫葫蘆地直接複製。畢竟這是各章的「おわりに」所組合而成的「結論」，要讓「結論」呈現流暢的整體感才是上策。為了讓「結論」呈現流暢的整體感，可以藉由修飾各章的「おわりに」連接時的遣詞用字達成目的。接下來，還有一個重要工作，那就是複製各章「おわりに」之後，最好再加個最後總結，才算是功德圓滿。簡單圖示如下：

圖1　基本版「結論」的撰寫流程

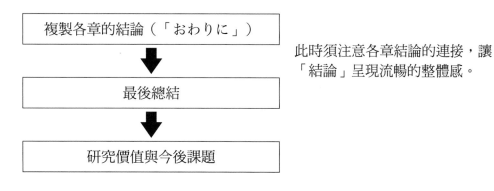

此時須注意各章結論的連接，讓「結論」呈現流暢的整體感。

以下為基本版「結論」的寫作模式，請參考。

表3　基本版「結論」的寫作模式

結論

　　本論文は、〜〜を問題意識とし、〜〜について考察したものである。〜章に分けて、研究対象としたものについての分析と考察を試みた。その結果は以下の通りである。

　　第一章では、〜を中心に考察を進めた。〜〜。

　　第二章では、〜をめぐって分析と考察を行なった。〜〜〜〜〜〜〜〜〜〜〜〜〜〜〜〜〜〜〜〜〜〜〜〜〜〜〜〜〜〜〜〜〜〜〜〜〜。

　　第三章では、〜を中心に考察した。〜〜〜〜〜〜〜〜〜〜〜〜〜〜〜〜〜〜〜〜〜〜〜〜〜〜〜〜〜〜〜〜〜。

　　このように、〜を問題意識にして追求してきた本論文では、〜〜〜〜〜〜〜〜〜を結論として導き出すことが出来た。

　　本論文の研究価値は〜〜にある。まず、〜〜〜〜〜〜〜〜〜〜〜〜〜〜〜〜〜〜〜〜〜〜〜〜〜〜〜〜〜〜。次に、〜〜〜〜〜〜〜〜〜〜〜〜〜〜〜〜〜〜〜〜〜〜〜〜〜〜。

　　なお、今後の課題であるが、〜〜〜〜〜〜〜〜〜〜〜〜〜〜〜〜〜〜〜〜〜〜〜〜〜〜〜〜〜〜をテーマとしたい。

套上以上的寫作模式，請參考下面的範例：

範例：基本版「結論」

結論

　　本論文は、漱石文学における植民地言説について考察したものである。五章に分けて、研究対象としたものについて分析と考察を試みた。その結果は以下の通りである。

　　第一章では、漱石文学において朝鮮へ行く人物が帝国日本による植民地支配から受けた影響を探究してきた。まずは、『門』の本多夫婦の息子のことである。彼が朝鮮に行く前の来歴は不詳であるが、日本帝国が植民地統治のために朝鮮に設置した官庁であった統監府の役人として就職できた彼が、高等教育を受けたエリートであった可能性は低くない。また、彼が日本にいる両親に仕送りできる収入を持っていたことから、朝鮮での生活は決して窮屈なものではなかったと考えられる。さらに、統監府の役割は朝鮮に対する外交権の剥奪や内政干渉を積極的に実施することにあったので、その存在には「韓国併合」に到るまで日本が朝鮮を支配しようとする領土的野心が強く反映されている。当時の日本は朝鮮を統治しやすくするためもあり、旅券の必要は一切なしという渡航の便宜的政策によって、日本人の移住を促進し、朝鮮半島における勢力を拡大しようとしていた。朝鮮統監府の仕事に赴く本多夫婦の息子はそのような背景下において、おそらく朝鮮における日本の支配権を確立しようとする力の一部分になったことは間違いないであろう。次に、『明暗』の小林の生活状況や社会的地位から、彼が朝鮮に渡航する原因について考察した。彼は日本国内で貧しく、社会的地位も低かったため、日本にいるのが厭になった。現状を変え

たい小林は、朝鮮を立身出世の新天地として見ていたと考えられる。また、彼を雇用した朝鮮の新聞社の状況を明らかにするため、当時の朝鮮における植民地支配の背景を概観した。1910年から1919年まで、日本帝国主義は朝鮮への植民地支配の初期段階で、「武断統治」と呼ばれる政策を実施したので、出版活動に対する弾圧は厳しい状態にあった。その弾圧後も残された朝鮮の新聞社は、総督府の施政方針に従い、日本帝国主義の「武断統治」という政策宣伝を主な役割としていたと推測される。このように、朝鮮の新聞社に行く小林は、朝鮮における日本の支配権を強化するための一環としての役割を持っていたと言えよう。『門』と『明暗』は、それぞれ明治期と大正期の作品に分類されているが、日本が朝鮮内政の主導権を握った時期に書かれたという点では共通している。日本は「韓国併合」政策の遂行によって、1910年から1945年まで朝鮮を植民地として支配していた。「韓国併合」の前に朝鮮に渡り、内政の掌握を目的とする統監府に勤めていた本多夫婦の息子は、朝鮮における日本勢力拡大のために力を尽くしていた可能性が高い。そして「韓国併合」後、朝鮮に対する支配権は獲得されたが、内政面では「武断統治」の段階に入り、朝鮮人民の言論や出版の自由が弾圧された。この時期に朝鮮の新聞社に赴いた日本人の小林は、日本帝国主義による「武断統治」の宣伝に貢献し、朝鮮における支配権のさらなる強化に力を入れることになったと言ってもよかろう。このように、本多夫婦の息子は統監府の役人として、朝鮮に対する植民地支配に関する政務に直接参与し、小林は「武断統治」の時期にあった朝鮮の新聞社で、統監府の後身となった総督府の施政方針に従った言論活動をしていたと推測できよう。「日本の植民地のなかで、国家・民族・領土のすべてを支配したのは朝鮮だけである」[1]とあるように、朝鮮では日本に

---

[1] 君島和彦（1994）「植民地「帝国」への道」『「帝国」日本とアジア』吉川弘文館
　P54-P55

よる完全な植民地支配が行われたため、統監府の役人であった本多夫婦の息子と、朝鮮の新聞社で働いていた小林のどちらも、日本政府による植民地支配の施策との関連が深かったと見られる。社会的地位の高かった本多夫婦の息子も、日本にいたときは貧乏で人に軽蔑され、社会的地位の低かった小林も、ともに朝鮮へ渡って相応の仕事に就くことができたことは、植民地化された朝鮮での日本の勢力拡大を示している。彼らのような、朝鮮に渡航し就職するという日本人青年たちの行動からは、日本帝国主義が次第に拡張していく構図が浮かび上がってくる。

　　第二章は、『満韓ところどころ』以前の漱石文学における満洲への渡航者を対象としたものである。具体的には、『草枕』（1906）の久一と那美の元亭主、『三四郎』（1909）の汽車で出会った女の夫に目を向け、彼らの満洲行きの行動の持つ意味について解明を試みた。『満韓ところどころ』以前の漱石文学における満洲への渡航者は、「戦争に貢献するタイプ」と「喰いっぱぐれタイプ」とに分けられよう。日露戦争中に出征する『草枕』の久一と、海軍の職工として旅順に行った『三四郎』の汽車の女の夫は、「戦争に貢献するタイプ」であり、大連へ出稼ぎに行った『草枕』の那美の元亭主は、経済的要因で渡満した「喰いっぱぐれタイプ」だと考えられる。このように、『草枕』の久一と那美の元亭主、『三四郎』の汽車の女の夫の渡満の行動は、日露戦争がもたらした外在的影響を大きく受けており、積極的な個人意志による行動とは言えない。また、以上言及した『満韓ところどころ』以前の渡満者のその後の境遇は、作品中にははっきりとは書かれていない。つまり、漱石が満洲へ行く前の段階では、作品における満洲への言及は漠然としていると言えよう。

　　第三章は、『満韓ところどころ』以降の漱石文学における満洲への渡航者に注目したものである。対象としては、『門』（1910）の安井と坂井の弟、『彼岸過迄』（1912）の森本の三人が挙げられる。本章では、

彼らが満洲に行くことになった原因や行った後の境遇を分析し、その満洲行きの行動の持つ意味を探ってきた。『満韓ところどころ』以降の漱石文学における渡満者は、「社会的不適応タイプ」、「満州憧憬（海外志向）タイプ」、「喰いっぱぐれタイプ」という三つのタイプに大別できた。『門』の安井は、日本にいられないため渡満した「社会的不適応タイプ」で、坂井の弟は「満州憧憬（海外志向）タイプ」であろう。また、『彼岸過迄』の森本は、経済的要因で渡満した「喰いっぱぐれタイプ」だと考えられる。上述のさまざまな渡満者の行動から見ると、日露戦争以後の日本に植民地化されていた満州は、日本人にとって、日本の外と言うよりも、誰でも気軽に行ける日本の延長線上の領域であったと言ってもよかろう。

　第四章では、『満韓ところどころ』に見られる漱石の満洲経験と、漱石文学における渡満者との関わりについて探った。対象としては、『満韓ところどころ』以降の、『門』（1911）の安井や坂井の弟、『彼岸過迄』（1912）の森本に限定した。漱石の満韓旅行の経験は、『満韓ところどころ』以降の漱石文学を豊富にしている。詳しく見てみると、漱石文学における安井や坂井の弟や森本の満洲に行った後の境遇は、『満韓ところどころ』に見られる漱石の満洲経験と関連していることが分かった。次に、漱石が満韓旅行中にどのような日本人に出会ったかについて考察した。『満韓ところどころ』に登場する日本人渡満者は、官公署や商業や新聞社などさまざまな分野で活躍しており、幹部クラスになっている者も少なくない。生活がうまくいっていて、社会的地位も低くない。要するに、『満韓ところどころ』を通して見てみると、植民地満洲においては、官僚や満鉄のような大企業の指導的地位にいた日本人たちは、高等教育を受けたエリートであり、内地では実現できない高い待遇が与えられ、社会的地位も高かったと見ることができる。『満韓ところどころ』では、植民地側の幹

部クラスにいる日本人の社会的地位の高さが強調された一方で、被植民地側の衛生環境のひどさやモラルの不足が批判され、植民地主義の色彩が色濃く見られるため、植民地において管理職についた日本人の活躍する姿が目立っている。また、満鉄総裁の是公の招待を受け、幹部クラスの日本人に世話になった漱石も、満韓でかなり礼遇されていたことが分かった。それゆえに、『満韓ところどころ』から見ると、管理職についた日本人が多く登場し、その植民地側としての優位性が窺われる。しかし、植民地の開発には、庶民階層に優れた人材が少ないという状況がある。『満韓ところどころ』以降の漱石文学における朝鮮や満洲への渡航者は、植民地統治機関の統監府に勤めている『門』の本多夫婦の息子のほか、『門』の安井は大学をやめて日本で可能性を発展できなくなったために渡満し、「冒険者」（第六巻、P550）の坂井の弟と同じように蒙古へと浮浪している。また、『彼岸過迄』の森本は無学で、下宿代を踏み倒して満洲へ行った。そして、『明暗』の小林は、日本での生活状況が貧乏で社会的地位も低かったため朝鮮へ行くことにした。つまり漱石文学には、植民地にいる庶民階層の日本人のうちには、優れた人材が少ないという実情が示唆されているであろう。このように、漱石が満韓旅行中に出会った日本人と、漱石文学に見られる朝鮮や満洲への渡航者とは大きくかけ離れていることが明らかになった。漱石は、満韓旅行中世話になった管理職の日本人たちの姿を、紀行文の『満韓ところどころ』に描いたが、漱石文学には植民地にいる管理職ではなく、むしろ庶民階層の日本人の姿が反映されている。漱石は、『満韓ところどころ』では被植民地側を軽蔑し、要職についた日本人を多く取り上げ、植民者側としての優位性を強調し、そこには植民地主義の色彩が濃く見られる。しかし、小説を中心にして漱石文学全体を通してみると、日露戦争による経済変動のゆえに社会が不況に陥ったという背景が描

かれ、植民者側であっても、必ずしもすべての日本人が裕福な生活を満喫できたわけではない点も明確に描かれている。

　第五章では、漱石が海外に向けた視線を把握するために、漱石のイギリス体験と満韓旅行を比較してみた。まず、『倫敦消息』を通して、イギリスにいた漱石の所感について探った。漱石はイギリスの西洋人の外見に対し、体格といい、服装といい、高く評価している。また、漱石はイギリス人の礼儀正しさに言及し、イギリスに憧れていることが分かった。しかし、黄色人種の漱石がイギリス人に中国人だと間違えられたり、冷遇されたりしていたことから、アジア諸国の人は西洋人から好意を受けず、オリエンタリズム的心理で見下されていたことが窺える。それゆえに、イギリスにいた漱石は、同じように西洋で劣位にいたアジアの中国や朝鮮に対して関心を示し、好意的な視線で捉えていたであろう。次に、「漱石の海外の行き先へのイメージ」と「漱石が海外の行き先で受けた待遇」の両面から、漱石のイギリス体験と満韓旅行を比較した。「漱石の海外の行き先へのイメージ」として、イギリスにいた漱石はイギリスを見上げているのに対し、第三章でも触れたように、満韓旅行中、漱石は満洲に対しても朝鮮に対しても批判し、被植民地者を見下した態度を取っている。また、「漱石が海外の行き先で受けた待遇」では、イギリスにいた漱石は東洋人として西洋人に冷遇されていたが、満韓にいた漱石は植民地者側として、幹部クラスの日本人の友人の好意を受けただけではなく、西洋人にも礼遇されるようになった。漱石の立場から見ると、イギリスにいた漱石が海外に向けた視線は、優位に立つ「西洋」のイギリスと、劣位に立つ「東洋」のアジア諸国に分けられるが、満韓にいた漱石の海外への視線は、優位に立つ「植民地側」の日本と、劣位に立つ「被植民地側」の満洲と朝鮮に区別できた。漱石がイギリスにいたとき、日本人はほかのアジア諸国の人と同じ

ように黄色人種として軽蔑されていたため、『倫敦消息』には、漱石の中国や朝鮮への好意的な気持ちが見られる。しかし、日本が日露戦争に勝利し、国際的地位が上がったことに伴い、日本人の漱石の海外への視線も変わっていき、アジア人同士の間の相違を意識するようになったことから、日本の植民地となった満韓を批判して見下すようになったのではないか。このように、漱石が『満韓ところどころ』で管理職についた日本人の進取の姿勢を目立たそうとしているのは、被植民者側に対し、日露戦争に勝った植民地側としての優位性を強調していると窺われる。そのため、漱石は日本人としてのその優位性が表現できる満韓旅行を終え、母国の日本に帰ってから、植民地で管理職についた者以外の、庶民階層にいる日本人にも目を向けるようになり、『満韓ところどころ』以降の作品にいろいろなタイプの満韓への渡航者を表現したと見られる。日本は日露戦争に勝って、列強に肩を並べる国となっても、膨大な戦費を使った日露戦争が日本を不況に陥らせたため、多くの庶民階層にいた日本人は、重い税を背負って苦労をしていたであろう。『満韓ところどころ』からは、植民地で管理職についた日本人の社会地位は高くても、庶民階層の人々の生活は楽になったとは言いがたい様が見てとれる。それゆえ日露戦争後、日本にいられなくなって植民地へ渡航する者が増えていたものと考えられる。漱石文学における植民地言説は、日露戦争に勝った日本全体の植民地側としての優位性が強調されているというよりは、日露戦争から影響を受けて植民地に渡った庶民が個人的に遭遇したありさまが注目されていると言えよう。

　従来の先行研究では、漱石の各作品における植民地支配の背景にはそれぞれ触れたことがあるが、それと植民地に行った人物との関連付けを中心にした論及はなかったようである。それを見究めない限り、漱石文学における植民地言説が判明したとは言いがたい。故に、漱石の海外経験を踏ま

えながら、漱石文学における朝鮮、満洲への渡航者の行動と、日露戦争以降の植民地支配の背景との関わりを総合的に探究した本論文は、それなりの研究価値があると言ってもよかろう。

　なお、今後の課題としては、漱石と、近代の代表的な文学者の一人である森鴎外作品における植民地言説との比較をテーマとしたい。

　　基本版範例中，從第二段開始，是敘述各章考察的結果。而倒數第二段，為強調研究價值的地方。至於最後一段，則為交代今後研究課題之處。由於備齊了該敘述的要項，所以是非常得宜之作。

四、「結論」進階版的寫作模式以及範例

如果行有餘力，想用更高的標準來要求、挑戰自我的話，不妨試著用比基本版更高一級的進階版來撰寫「結論」。

撰寫進階版的「結論」，需要有登高望遠、高瞻遠矚的高度，才能宏觀該專題報告或學術論文主要想追求的數個課題，並就各個課題一一提出解答。難度不是那麼高，嘗試看看，相信任何有心的人，都可以達到目的。

簡單圖示如下：

圖2　進階版「結論」的撰寫流程

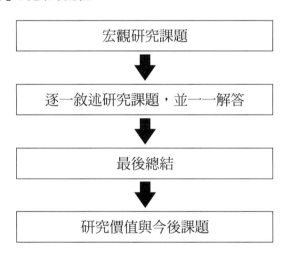

以下為進階版「結論」的寫作模式，請參考。

表4　進階版「結論」的寫作模式

結論

　　本論文は、〜〜を問題意識に、三つの課題を設けて〜〜について考察したものである。その三つの課題とは以下のような問題である。

　　第一の課題については、〜〜〜を中心に考察をした。〜〜〜。

　　第二の課題については、〜を中心に考察を進めてきた。〜〜〜。

　　第三の課題については、〜を中心に考察を行なった。〜〜〜。

　　このように、三つの課題を設けて追求してきた本論文では、〜〜〜〜〜〜〜〜〜〜〜〜〜を結論として導き出すことが出来た。

　　本論文の研究価値は〜〜〜にある。まず、〜〜〜〜〜〜〜〜〜〜〜〜〜〜〜〜〜〜〜〜〜〜〜〜〜〜〜〜〜〜〜〜〜。次に、〜〜〜〜〜〜〜〜〜〜〜〜〜〜〜〜〜〜〜〜〜〜〜〜〜。

　　なお、今後の課題であるが、〜〜〜〜〜〜〜〜〜〜〜〜〜〜〜〜〜〜〜〜〜〜〜〜〜〜〜〜〜〜〜をテーマとしたい。

套上以上的寫作模式，請參考下面的範例：

範例：進階版「結論」

結論

　　本論文では、漱石文学における植民地言説を考えるために、以下の三つの課題について考察を進めてきた。

　　第一の課題は、漱石文学における植民地への渡航者の行動の意味について探究することである。具体的な対象としては、朝鮮へ行く『門』の本多夫婦の息子、『明暗』の小林と、満洲へ行く『草枕』の久一と那美の元亭主、『三四郎』の汽車で出会った女の夫、『門』の安井と坂井の弟、『彼岸過迄』の森本を取り上げ、彼らの行動の持つ意味と、植民地支配の背景との繋がりについて究明した。

　　第二の課題は、漱石自身の満韓経験とそれ以降の漱石文学における満韓への渡航者との関わりについて検証することである。そのため、漱石が満韓を旅してから書いた紀行文『満韓ところどころ』を通して検証することにした。また、漱石が満韓旅行中に出会った日本人と、漱石文学における満韓への日本人渡航者との間には、どのような相違が見られるのかについて分析した。

　　第三の課題は、漱石のイギリス体験を取り上げ、それを漱石の満韓経験と照らし合わせることによって、漱石の海外への視線について闡明することである。具体的にいうと、『倫敦消息』と『満韓ところどころ』を、「漱石の海外の行き先へのイメージ」と「漱石が海外の行き先で受けた待遇」の面から比較した。そこで、漱石がアジア諸国に対する視線を明白にさせた。

第一の課題として、まず、漱石文学における朝鮮への渡航者に焦点を当てた。『門』の本多夫婦の息子は官僚エリートとして、朝鮮へ統監府の仕事に行くのに対し、『明暗』の小林は、日本で社会地位が低くて人に軽蔑されていたため、朝鮮へ新聞社の仕事で行くことになった。「韓国併合」の前に、朝鮮の内政と外交権の制約を目指す統監府に、役人として就職する本多夫婦の息子の姿には、朝鮮における日本勢力拡大のために、日本人の移住を進め、朝鮮に対する支配権を確立しようとした当時の日本の政策が背景として窺える。また、「韓国併合」になって、朝鮮の統監府に代わって総督府が設置された後、「武断統治」政策が実施され、出版活動に対する弾圧が厳しい時期に残された朝鮮の新聞社で働く小林は、総督府の方針に従い、日本の統治政策を宣伝し、朝鮮における支配権の強化に協力する役割を果たしていたであろう。

　次に、漱石文学における満洲への渡航者についてであるが、『草枕』（1906）に登場する日露戦争に出征する久一と、海軍の職工として旅順に赴いた『三四郎』（1909）の汽車の女の夫は、「戦争に貢献するタイプ」に属する。また、「喰いっぱぐれタイプ」では、『草枕』に登場する経済的苦しさから渡満した那美の元亭主と、『彼岸過迄』（1912）で大連へ出稼ぎに行った森本がいる。それから、『門』（1910）の安井は、日本にいられないため渡満した「社会的不適応タイプ」で、坂井の弟は「満州憧憬（海外志向）タイプ」だと考えられる。つまり、以上の満洲渡航者は、「戦争に貢献するタイプ」、「喰いっぱぐれタイプ」、「社会的不適応タイプ」、「満州憧憬（海外志向）タイプ」という四つのタイプに分けることができる。以上の人物について創作時期との関係を見ていくと、『草枕』の久一と那美の元亭主、『三四郎』の汽車で出会った女の夫が満洲に行った後の境遇は明示されていないが、『満韓ところどころ』以

降では、満洲から蒙古へと浮浪する『門』の安井と坂井の弟、大連の電気公園で働く『彼岸過迄』の森本が満洲に行った後の境遇は、『満韓ところどころ』以前の作品における渡満者より、詳しく書かれていることが分かった。

　上述した漱石文学における朝鮮への渡航者と満洲への渡航者を全体的に見ると、朝鮮に対する植民地支配が徹底的であったため、統監府で政務に参与する本多夫婦の息子と、朝鮮総督府の方針の下にあった新聞社に勤める小林のほうが、さまざまな個人的理由で満洲にいる人たちより、日本政府による植民地支配の施政との繋がりは深いと見られる。

　第二の課題では、まず、『満韓ところどころ』を通して漱石の満洲経験と漱石文学における満洲への渡航者との関連を検証した。対象としては、『満韓ところどころ』以降の、『門』の安井や坂井の弟、『彼岸過迄』の森本に限定した。漱石は、奉天の飲用水の品質の悪さを見聞していたため、奉天にいた体の弱い安井が満洲に向いていないと宗助に思われるという設定が『門』でできたのであろう。また、漱石は、自身で見た大量の泥で濁った遼河の状況を、坂井の弟が遼河を利用する運送業の経営に失敗したという作品のストーリーに反映している。そして、蒙古へ畜産事情を調査しに行って大連に帰ったばかりの、慓悍さをいっそう帯びている友人に会った漱石は、蒙古にいた坂井の弟と安井を「冒険者」のイメージで表現した。さらに、漱石は、大連ではじめて見た電気公園を森本の勤め先として登場させた。このように、『満韓ところどころ』以降の漱石文学における渡満者が満洲に行った後の境遇は、漱石の満洲での見聞と深く関わっている点が窺えた。漱石の満韓旅行を抜きにしては、それ以降の漱石文学における渡満者の満洲での遭遇は語ることができないであろう。『門』と『彼岸過迄』は、漱石の満洲経験に影響されたためか、『満韓ところど

ろ』以前の作品より植民地の具体的色彩が色濃く見られ、具象化されていると言える。

　次に、漱石が満韓旅行中に出会った日本人について考察した。『満韓ところどころ』に出ている日本人は、官僚や満鉄のような大企業の幹部クラスであり、社会的地位の高いエリートが多く見られた。幹部クラスの日本人に世話になった漱石は、満韓でかなり礼遇され、植民地側としての優位性を感じた。しかしながら、満韓旅行以降、漱石が書いた満韓への渡航者を見ると、大学をやめて日本にいられない安井、「冒険者」の坂井の弟、無学で下宿代を踏み倒した森本、貧乏で人に軽蔑された小林のような庶民階層の人物たちばかりである。いずれも社会的地位の高いエリートではない、ただの庶民である。要するに、漱石が満韓旅行中に出会った幹部クラスに就いている日本人と、その後の漱石文学に登場してきた庶民階層に属する満韓への渡航者とには、かなり懸隔があることが明らかになった。

　第三の課題として、漱石が海外に向けた視線を把握するため、漱石のイギリス体験と満韓旅行を照らし合わせてみた。『倫敦消息』から見ると、イギリスにいた漱石は西洋人の外見や現地の気風について高い評価を下し、イギリスを羨望していたが、漱石自身はイギリス人に中国人だと間違えられたり、オリエンタリズム的心理で見下されたりしていた。このように、西洋では黄色人種の東洋人は劣位の立場に押し遣られていたため、漱石は同じアジアの中国や朝鮮に対して関心を示し、好意的な視線を向けた。

　さらに、「漱石の海外の行き先へのイメージ」と「漱石が海外の行き先で受けた待遇」の両方から、漱石のイギリス体験と満韓旅行を比較した。イギリスにいた漱石は現地を見上げる目線であり、中国と朝鮮には好意的な気持ちを持ったが満韓にいた漱石は被植民地側となった満洲と朝鮮を軽

蔑のまなざしで見るようになった。また、イギリスにいた漱石はほかのアジア諸国の人と同じように冷遇を受けたが、満韓にいた漱石は植民者側の幹部クラスの日本人の格別な手配により気楽な旅行ができ、西洋人にまでも礼遇された。

　以上から見ると、イギリスにいた漱石の海外への視線は、優位に立つ「西洋」のイギリスと、劣位に立つ「東洋」のアジア諸国に区分されている。その後、満韓にいた漱石の海外への視線は、優位に立つ「植民地側」の日本と、劣位に立つ「被植民地側」の満洲と朝鮮に分けられた。つまり、行き先の違いによって、漱石の海外に向けた視線には大きな変化が見られた。

　その背景として、日露戦争の影響が推測される。日本は日露戦争で勝利を収めたため、満韓にいた漱石は日本の植民地となった満韓に対し、見下す視線で見るようになった。同行した管理職についた日本人エリートの進取の様子を『満韓ところどころ』に書きとめ、植民地側としての日本全体の優位性を目立たせようとしていた。しかし、漱石は日本人としての優位性が表現できる満韓を離れて、母国の日本に帰った後、日本人同士に視線を凝縮し、満韓旅行中に出会った管理職についたエリートとは懸け離れた、庶民階層にいる日本人にも注目するようになった。そのため、『満韓ところどころ』以降の作品にいろいろなタイプの満韓への渡航者を登場させているのではないか。巨額の戦費を費やした日露戦争は日本を不況にしたため、日本が日露戦争に勝って国際上優越的な地位を得ても、すべての庶民の生活水準が上がったわけではなく、多くの人は日露戦争がもたらした戦費負担の影響によって、高物価や増税の負担などに苦しめられたり、仕事で発展するチャンスを失ったりして、植民地へ行くことになった。要するに、帝国日本による植民地支配は、上層階級の指導や管理を必要とし

ていただけではなく、たくさんの庶民階層の人々にも底辺で支えられていたという当時の社会的変動が、漱石文学に反映しているのである。これこそ、漱石文学における植民地言説の表現の方法であろう。

　本論文の研究価値としては、以下の点があげられよう。まず、従来の先行研究では、漱石の各作品における植民地支配の背景について、それぞれ触れられたことはあるが、それと植民地に行った人物との関連を中心にした論及はされてこなかったようである。それを見究めない限り、漱石文学における植民地言説が判明したとは言いがたい。次に、それゆえに漱石の海外経験を踏まえながら、漱石文学における朝鮮、満洲への渡航者の行動と、日露戦争以降の植民地支配の背景との関わりを総合的に探究した本論文には、相応の研究価値が認められると言えよう。

　なお、今後の課題としては、漱石文学と、近代の代表的な文学者の一人である森鴎外の作品における植民地言説との比較をテーマとしたい。

　由以上兩個範例，有沒有發現基本版範例與進階版範例的內容，其實大致相同。進階版範例中的第一段，為宏觀課題之後所彙整出的三個課題。第二段開始，依序說明課題，並一一解答。至於倒數第二段，為強調研究價值的地方。最後一段，則為交代今後研究課題之處。由於備齊該敘述的要項，所以是非常得宜之作。

　不過，是否也看出上面進階版「結論」與基本版「結論」之間的細部差異了？進階版「結論」，是不是比基本版「結論」簡明扼要許多？成功是屬於有勇氣挑戰困難的人。比方說上面的進階版「結論」範例，與第2課的目次範例1，其實是出自於同一人的碩士論文。該生在大學時代雖然曾經撰寫過畢業論文，不過剛開始被要求，用進階版的模式嘗試寫碩士論文的「結論」時，還是有些吃力。但是經過磨練馬上上手，寫出不錯的進階版的「結論」。近幾年來，筆者都是以

此高標，要求碩士班學生完成碩士論文，結果證明學生們都可以達成目標。相信不畏艱難的勇氣，就是跨越自己極限的契機，以及締造成功的希望。各位年輕學子，加油吧！

練習題（一）

請套上基本版寫作模式，試著寫看看自己的「結論」。

練習題（二）

請套上進階版寫作模式，試著寫看看自己的「結論」。

後期進度檢核表

完成請於□中打勾☑，尚未完成請打☒。

□ 1.「本論」中訂定的各章，是否明顯可以看出問題提示、考察過程、考察結果了呢？

□ 2.「本論」中訂定的各章間，是否明顯可以看出之間的關連性了呢？

□ 3. 各章的節次間，是否明顯可以看出之間的關連性了呢？

□ 4. 章、節標題的位置，是否正確呢？

□ 5. 章、節間，是否有一定明確距離的區隔呢？

□ 6. 是否知道在換頁時，新的一頁空行之後才有文字，是不對的呢？

□ 7. 是否知道在換頁時，新的一頁的第一行就要開始撰寫了呢？

□ 8. 各節的標題與內容，是否在同一頁呢？

□ 9. 編頁碼了嗎？

□ 10. 各頁的頁碼，是否已放置於該頁最後一行的中間了呢？

□ 11. 各章的註腳序號，有沒有統一的標準呢？

□ 12. 各章的註腳標示方式，有沒有統一呢？

□ 13. 使用「異中求同、同中求異」的分類概念，處理龐雜的資料了嗎？

□ 14. 使用「三段論法」，進行合理的推論了嗎？

□ 15. 使用「引用→推論→判斷→意見→主張」的流程，進行每一回合的論述鋪陳了嗎？

□ 16. 是否明確表達自己在歷經合理流程之後有所依據的主張了呢？

□ 17. 使用「歸納法」導出富有邏輯、客觀的結論了嗎？

□ 18.「序論」像不像「序論」呢？是否注意到不要像在寫「結論」呢？

□ 19.「結論」像不像「結論」呢？是否注意到不要像在寫「序論」呢？

□ 20.「序論」與「結論」在內容上，能不能互相呼應呢？

□ 21.「序論」所提的問題，在「結論」處都能找到答案嗎？

□ 22. 文中所提出的問題，都能找到解答嗎？

□ 23. 文中所提出的問題，明示找不到解答的部分了嗎？

□ 24. 是否可以明確看出整篇專題報告或學術論文的「序論」、「本論」、「結論」的組織架構了呢？

□ 25. 是否已注意到「序論」、「本論」、「結論」三者所占的比例必須合理呢？

□ 26.「研究價值與今後課題」是否沒有忘記擺放於結論之後呢？

□ 27. 如果參考書目種類繁多的話，是否依語種或性質進行分類了呢？

□ 28. 參考書目一覽表，都依序排列整齊了嗎？

□ 29. 目次中所列的各章節，頁碼是否正確呢？

□ 30. 目次中所列的各章節，標題是否正確呢？

□ 31. 目次的呈現，是否美觀、整齊劃一呢？

□ 32. 整本書從目次而下的排列順序，是否都正確了呢？

□ 33. 使用的文體正確嗎？整篇都統一了嗎？

□ 34. 使用的格式正確嗎？整篇都統一了嗎？

□ 35. 使用的引用文格式正確嗎？整篇都統一了嗎？

□ 36. 使用的字體正確嗎？整篇都統一了嗎？

□ 37. 使用的字體的大小，有所區隔了嗎？注意到字體大小要「章＞節次＞本文內容＞註腳」了嗎？

□ 38. 註腳使用正確嗎？完整標示所需的資訊了嗎？

□ 39. 是否依照設定的「完成專題報告或學術論文的時程表」，如期完成撰寫工作了呢？

□ 40. 完成專題報告或學術論文後，很有成就感嗎？

※如果尚未達到20個要項，可要加把勁努力了喔！！

第13課

校對書寫格式、檢視論點鋪陳的工作重點

學習重點說明

- 整體成品內容的排列順序。
- 校對書寫格式、檢視論點鋪陳的重要性。
- 校對書寫格式、檢視論點鋪陳的重點。
- 校對書寫格式、檢視論點鋪陳上常見的問題與對策。

終於架構起一本專題報告或學術論文的基本組織（「序論」、「本論」、「結論」）了，真是可喜可賀。只是在興奮之餘，仍須仔細完成最後重要的「校對書寫格式」與「檢視論點鋪陳」工作。本書在此課之前，已於適當的時間點附上「初期進度檢核表」、「中期進度檢核表」、「後期進度檢核表」，提供讀者們檢核進度。如果能隨時依照檢核表，檢視自己容易犯錯的地方並予以修正，那麼本課的學習就會變得輕鬆許多。

本課依序提醒整體成品內容的排列順序，以及說明有關整體成品的校對、檢視的重要性與重點。最後還補充在校對、檢視上常見的問題及其因應對策。成功在望，只剩下一小步，再撐著點，努力跟上來吧！

一、整體成品內容的排列順序

一本專題報告或學術論文的完成品，可以依需要、經費問題，考慮精裝或膠裝，這都不是問題。但要完美呈現一本專題報告或學術論文時，還須按照慣例，將成品內容依順序排列整齊，才能付梓出版。茲將成品內容的排列順序，如表1說明如下：

表1　成品內容的排列順序

排列順序 日文（中文）	內容或功能	備註說明
（一） 表紙 （封面）	橫寫時，由上而下，依序為：1.所屬單位，2.題目名稱，3.指導教授，4.執筆者姓名，5.完成時間。	1.左列五項，可以參酌所屬單位的規定，列出所需要項即可。 2.為了能與國際接軌，完成時間可以用西元年標示。

排列順序 日文（中文）	內容或功能	備註說明
（二） とびら （第一頁）	與封面相同。	擺放於封面與目次表之間。
（三） 目次 （目次表）	請參考第2課的學習重點。	1. 換頁時，須從新一頁開頭的第一行開始撰寫。 2. 詳細說明，請參考第2課。
（四） 凡例 （範例說明）	說明句型、圖表、文章上使用記號所代表的意思。	1. 換頁時，須從新一頁開頭的第一行開始撰寫。 2. 若沒有必要，亦可不用設立。
（五） 図表一覧 （圖表一覽）	標示圖表所在頁碼。請參考第2課的學習重點。	1. 換頁時，須從新一頁開頭的第一行開始撰寫。 2. 圖表數量多時，有此設立之必要。但若沒有必要，亦可不用設立。
（六） 前書き （前言）	簡單介紹完成的背景情況。	1. 換頁時，須從新一頁開頭的第一行開始撰寫。 2. 省略亦可。
（七） 序論 （序論）	交代研究動機，概觀先行研究，以及說明研究方法與內容（步驟）。請參考第5課的學習重點。	1. 換頁時，須從新一頁開頭的第一行開始撰寫。 2. 從此處開始，由1依序編排頁碼。 3. 如果「序論」之前也想編頁碼，可以使用Ⅰ、Ⅱ、Ⅲ等羅馬數字來編。
（八） 各章、節 （各章、節）	完整呈現依據研究步驟所執行之考察內容。請參考第6課的學習重點。	1. 注意每一章皆須換頁，並從新一頁開頭的第一行開始撰寫。 2. 節次可以不用換頁。只是節次與節次間，至少要空二至三行。

排列順序 日文（中文）	內容或功能	備註說明
（八） 各章、節 （各章、節）		3. 章、節的標題與內容，須位在同一頁上。 4. 各章節中如果放置圖（或表），圖（或表）的標題與內容，須位在同一頁上。
（九） 結論 （結論）	彙整研究結果，並交代未完成課題、已完成課題之重要性（研究價值）、以及今後研究展望（今後課題）。請參考第12課的學習重點。	1. 換頁時，須從新一頁開頭的第一行開始撰寫。 2. 須與「序論」保持連貫性、一致性。
（十） 參考資料 / 付録資料 （參考資料 / 附錄資料）	撰寫該論文時之重要參考資料的具體內容。	1. 換頁時，須從新一頁開頭的第一行開始撰寫。 2. 如果為複數的話，建議用換頁的方式，凸顯資料間各自的差異。
（十一） テキスト （引用範本）	實際引用於該論文之文本。	換頁時，須從新一頁開頭的第一行開始撰寫。
（十二） 參考文献 （參考書目）	實際引用之他人學說，或是曾經閱讀或參考過的書目（包含期刊、雜誌、新聞、字典、網路資料）。	1. 可以緊接在「テキスト」之後。 2. 依下列規則擇一排列：①作者名五十音順序，②作者名筆劃順序，③書籍出版時間順序，④書名五十音順序等等。 3. 詳細說明請參考本書姊妹作《我的第一堂日文專題寫作課》第6課。

排列順序 日文（中文）	內容或功能	備註說明
（十三） 謝辞 （謝詞）	感謝在完成論文過程中，曾經幫忙過的人。	1. 換頁時，須從新一頁開頭的第一行開始撰寫。 2. 省略亦可。

　　上述十三項當中，有些並不見得每個人都需要，可以視情況而定，選擇自己所需的要項編排成冊。

二、校對書寫格式與檢視論點鋪陳的重要性與重點

　　印刷成冊之前，還需要完成校對書寫格式與檢視論點鋪陳兩件工作。校對書寫格式，可說是著重於成品的硬體；而檢視論點的鋪陳，可說是著重於成品的軟體，兩者都是重要的環節。其中由於書寫格式是一眼可以看出的錯誤，所以無論如何一定要在期限之前，完成校對書寫格式的工作。而論點鋪陳方面，比較偏向於意見之爭，可能會出現見仁見智的差異。如果一定要排出優先工作順序的話，建議先完成校對書寫格式，之後再完成檢視論點鋪陳。

　　提到書寫格式，例如文體、記號、標點、交代資料來源等，假如都能依循本書提醒的書寫格式按表抄課的話，照理說，應該會出現整齊劃一的整體感才對。沒錯！一本專題報告或學術論文，姑且不論論點鋪陳、內容深度如何，要讓人一眼看起來整齊舒服，也要讓人讀出執筆者在這一本專題報告或學術論文上的用心。所謂一分耕耘一分收穫，若能多花一些時間在校對書寫格式上，立竿見影，馬上就能看出效益，這就是校對書寫格式的重要性以及意義。

　　至於檢視論點鋪陳的工作，因為比較偏向意見之爭，所以即使花了時間，也不見得會讓專題報告或學術論文呈現百分之百的完美。但這也沒關係，總之在有限的時間內，盡力而為，少犯錯就是多得分，這就是檢視論點鋪陳的重要性以及意義。

　　接下來，在校對整本專題報告或學術論文的書寫格式時，須注意專題報告或學術論文是不是犯了一些不可以犯的明顯錯誤。因為若連這些明顯錯誤都犯了，表示執筆者不具有專業能力，因此會對該專題報告或學術論文的評價有所傷害。這些明顯不可犯的錯誤，就是接下來要提醒的校對書寫格式的重點。

表2　校對書寫格式的重點

校對方向	觀察重點	補充說明
（一） 本文格式	1. 使用的字體種類。 2. 使用的字體大小為：章的標題＞節次的標題＞文章的內容＞註腳。 3. 段落一開始，是否空了一格？ 4. 章、節、項目的標題與內容，是否位在同一頁上？ 5. 是否已標示頁碼？ 6. 頁碼的位置是否統一？ 7. 確實說明本文上標記的符號，是誰標記了？	操作電腦時，有時字體種類會自動更換，所以在最後交稿之前，要將全文再一次選擇「MS Mincho」體，確保使用無誤。
（二） 引用文格式	1. 引用的文獻，是否與論文本文有所區隔？ 2. 是否加注明示引用文獻的來源了？ 3. 使用一整個段落的引用文時，段落的開始是否已空了三格？ 4. 使用一整個段落的引用文時，段落開始的第二行，是否已空了兩格？ 5. 已確實說明本文上標記的符號，是誰標記了嗎？ 6. 已確實說明本文上標記的符號，代表什麼意思了嗎？ 7. 不能擅自修改引用文中的任何一個字，即使引用文本身有錯。	1. 需要一眼看出本文與引用文的區隔，才能凸顯出整體的美感。 2. 本文與引用文的混淆，會讓讀者產生煩躁的負面情緒。 3. 引用文的內容，要如實呈現。如果發現其中有誤，可以用（原文のママ・論者注）處理，以表示不是執筆者誤植。

校對方向	觀察重點	補充說明
（三） 目次標題與 頁碼	1. 目次表的排列美觀嗎？ 2. 目次表上所列的各章、節的標題，與本文一致嗎？ 3. 目次表上所示的各章、節的頁碼，與本文一致嗎？	1. 本文經多次修改後，標題可能隨之更動，建議以本文的標題為基準，用複製的方式，複製至目次，成為標題。 2. 電腦軟體可以根據本文標題，製作出目次標題。雖然方便，但還是須再核對，較有保障。
（四） 註腳	1. 交代引用資料的出處時，須完整交代作者名、論文名、書籍（或期刊）、出版社、出版年、頁碼等資訊。 2. 標示的「同注○」，「○」所示的序號是否正確？	標示「同注○」是個便利的方式，但常會因為增減引用文獻，導致註腳的序號隨著更動。最常看到出錯的地方就是這裡，請小心。建議可以用「同前揭□□書」，就絕對不會犯錯。此處的「□□」為人名。
（五） 圖表	1. 嵌入的圖表，是否已標了標題？ 2. 是否已交代嵌入的圖表的資料來源？ 3. 已確實說明圖表上標記的符號代表什麼意思了嗎？ 4. 圖表範圍不能容納於一頁時，可以用跨頁或放置於「參考資料」來處理。	1. 圖表的來源，可以自己製作、引用他人的製作、或編輯他人的製作。但無論如何，皆須明白交代。例如自製情形可以用「論者作成による」來表示。引用他人的製作，則可以用「□□『○○』P○による」來表示。而編輯他人的製作，可以用「□□『○○』P○より引用したものを論者が再編集した」來表示。 2. 說明清楚圖表上標記的符號所代表的意思，易於讀者馬上進入狀況。

校對方向	觀察重點	補充說明
（六） 參考書目	1. 明確選定參考書目的排列基準。 2. 依據排列基準排列出的參考書目表，檢視是否正確。 3. 須完整交代作者名、論文名、書籍（或期刊）、出版社、出版年等資訊。 4. 統一標示至該參考書目的第一次出版年。 5. 不需要標示引用的資料出自該參考書目的第幾頁。	1. 基準統一，才能看出整體感。 2. 如果也能標示出該參考書目的第一次出版年，更能符合研究傳承的用意，也便於正確判斷使用文獻的年代新舊。
（七） 各章、節標題的位置	1. 章的標題，須列在頁首的第一行。 2. 節次的標題，可以置於頁首，也可以置於頁中。 3. 節次的標題，不可以置於頁尾的最後一行。	把握章節標題與內容須位在同一頁的原則。

　　如果犯了以上七項校對重點的錯誤，任何具有專業能力的內行人，將一眼看穿。還是盡量調整回正確書寫格式為要。假如能調整回正確的書寫格式，整本專題報告或學術論文的整體感就會立體呈現出來。這樣連其他領域的外行人，也會給予該本專題報告或學術論文極高的評價。

　　接下來說明在進行檢視論點鋪陳的工作時，應注意的5個重點：

表3　檢視論點鋪陳的重點

檢視論點鋪陳的方向	觀察重點	補充說明
（一） 一回合的論點鋪陳	1. 切記「有頭、有身體、有腳」的人形口訣。 2. 鋪陳要有開端，繼之要有考察過程，最後要有結果。如此程序走過一遍，就算完成一回合的論點鋪陳。	1. 一回合的鋪陳程序為「引用→推論→判斷→意見→主張」。 2. 詳細說明請參考第7課。
（二） 段落與段落之間的論點鋪陳	1. 就文章結構而言，一個段落即是一個論點的呈現。 2. 切記「有頭、有身體、有腳」的人形口訣。要建構出開端、過程、結果的三個階段。	請特別著重於段落與段落之間的因果關係。
（三） 節次與節次之間的論點鋪陳	1. 就論文組織結構而言，節次即是一個論點的呈現。 2. 切記「有頭、有身體、有腳」的人形口訣。要建構出開端、過程、結果的三個階段。	請特別著重於節次與節次之間的因果關係。
（四） 章與章之間的論點鋪陳	1. 就論文組織結構而言，章即是一個論點的呈現。 2. 切記「有頭、有身體、有腳」的人形口訣。要建構出開端、過程、結果的三個階段。	請特別著重於章與章之間的因果關係。
（五） 「序論」與「結論」間的連貫、一致性	1. 就論文組織結構而言，「序論」與「結論」要串連起來才圓滿。 2. 切記「有頭、有身體、有腳」的人形口訣。要建構出開端、過程、結果的三個階段。	請特別著重於「序論」與「結論」之間的前後一致性。

　　從表3不難看出，要堆砌成一本專題報告或學術論文，單位要有大小之分。

其組合模式為：一回合的論點鋪陳＜段落＜節次＜章＜論文。而當要檢視論點鋪

陳時，也須先明瞭這大小單位的差異，並且把人形口訣「有頭、有身體、有腳」與各大小單位間的因果關係，作為客觀依據。這樣在進行檢視論點鋪陳的工作時，就有可依循的基本標準了。

　　檢視論點鋪陳的工作能進行至此，已經算是不錯了。而超出基本標準之外，那就是意見之爭、見仁見智的問題。再者，檢視論點鋪陳的工作，執筆者一個人能力有限，容易陷入自我的情境當中。這時，可以考慮下面三個解決方式。第一個方法：寫完之後，暫時擱置一段時間再回頭檢視。如此一來就可以讓自己的頭腦冷靜，再清楚看出問題所在。第二個方法：找同學幫忙閱讀，聽一聽第三者的感想，再修正自己鋪陳不足的地方。第三個方法：歷經前面兩個階段的錘鍊之後，再具體寫出更純熟的內容，並與指導老師討論。雖然這是個非常花費時間的工程，但也不失為一個自我成長的好機會。

　　總之，在昭告天下專題報告或學術論文完成之前，若能多花些精神、時間在校對書寫格式與檢視論點鋪陳這兩項工作上，一定可以讓成品更臻於至善。雖然一路走來非常辛苦，但與豐碩的成果以及非比尋常的成就感相較，這些辛苦都不算什麼了。

三、校對書寫格式、檢視論點鋪陳上常見的問題

　　站在授課者的立場，在批改無數學生的作業時，發現來到完成專題報告或學術論文的最後校對階段，大部分的學生都進步很多。儘管如此，經常提醒學生勿犯的錯誤，有些還是不容易改正。整理常見的日文表達的問題如下表：

表4　常見的日文表達的問題

問題點	正確說法	說明
（一）疑問詞接續不清楚 1. なぜ、そうなったは分からない。 2. いくつの点に注意すべきである。	→なぜ、そうなったかは、分からない。 →いくつかの点に注意すべきである。	把握疑問詞出現後須還回「か」，才能使句子的意思完整。
（二）形容詞加「である」 1. 〜が多いである。 2. 〜くないである。 3. 美しかったである。	→〜が多い。 →〜くない。 →美しかった。	形容詞之後不需要加「である」。
（三）區分他動詞與自動詞的不同 1. 上に挙げたデータから、〜を明らかにする。 2. 三つの手順によって、〜が明らかになる。	→上に挙げたデータから、〜が明らかになる。 →三つの手順によって、〜を明らかにする。	例句1.為從資料中讀出訊息，所以要用「〜が明らかになる」。而例句2.是敘述步驟，所以要用「〜を明らかにする」。
（四）主語與述語的一致性 1. 第一章は〜〜する。 2. 第一章では〜〜である。	→第一章は〜〜である。 →第一章では〜〜する。	例句1.為第一章屬性的說明，所以要用「である」。而例句2.是敘述在第一章要進行的動作，所以要用「する」。

問題點	正確說法	說明
（五）口語表現 1. とっても / ちょっと / 　けど / ちっとも 2. どうやって 3. 〜みたいだ 4. 〜しなくて、〜した。	→大変 / 少し / が / 　少しも →どのように / 　いかにして →〜のようだ →〜<u>せずに</u>、〜した。	少用口語表現，請多用文章表達用語。
（六）時式 1. 第一章では〜〜を探究している。 2. これから、〜を明らかにした。 3. 岡崎は次の論点を主張する。	→第一章では〜〜を探究<u>する</u>。 →これから、〜を明らかにする。 →岡崎は次の論点を主張<u>している</u>。	使用正確時式。例句1.和例句2.皆為交代步驟，所以使用「する」為宜。例句3.為引用某人的論述，應使用「している」或「した」為宜。
（七）重複太多次 1. 〜たり、〜たり、〜たり、〜たり、〜たりである。 2. 〜や〜や〜や〜や〜する。	→〜たり、〜たり<u>する</u>。 →〜や〜や〜<u>など</u>である。	適可而止使用。例句1.「〜たり、〜たり」通常用於動作的列舉，所以「〜たり、〜たりする」較適宜。而例句2.用於名詞的列舉，所以「〜や〜やなどである」較適宜。不要重複太多次。
（八）句子冗長	最好五行以下。	盡量簡潔有力，以一行至二行為理想，最多不要超過四行的文字數量。

問題點	正確說法	說明
（九）日文以外的外文引用文	外文引用文之後，加上日文翻譯。	自己翻譯或引用他人的翻譯皆可。可以於外文原文之後加上「訳文は論者による」或「訳文は□□による」表達。「□□」為人名。
（十）字體突然改變，二、三行之後又恢復正常	隨時保持警覺心，注意標點符號的位置是否突然改變。	全文完成之後，再以MS Mincho重新設定。
（十一）文章不完整	重新找出主、述語，釐清想要表達的意思。	句子不要太長。
（十二）語意含糊	重新找出主、述語，釐清想要表達的意思。	一個句子中不要表達太多意思。拆成幾個短的句子，一個句子表達一個意思最為恰當。

　　試著檢核看看，自己有沒有犯了一些學生常犯的錯誤呢？人非聖賢，孰能無過，少犯錯就是多得分，隨時求進步，就是美好、充實的每一天。

四、受教者彙整的筆記中所透露出的訊息

教育往往容易偏重於授課者的本位主義，但全方位的教育其實也應該調換立場，從受教者的立場來思考，這樣才能客觀得知學習成效。

在此，茲將聽過筆者講授第1課至第13課的學生所彙整的學習筆記，原汁原味地呈現出來。請讀者們看看自己所掌握的重點，和這位學生所列的有何不同？同時，也可以用來評估自我學習的成效如何。

文法篇

1. 注意文體（ます×、だ×、である○）。
2. 不可以使用口語表現（どうやって⇒どのようにして）。
3. 探求している・探求した（×）探求する・探求したい（○）
4. ～たり、～たり的表現：する要記得，たり兩次就好。
5. はじめに的時式是する／したい，おわりに的時式是した。

句型篇

－始めに－

1. 本章 では ～する。／本章 は ～である。
2. ～を明らかにする。／～を解明する。
3. ～を例にして、～。

－引用－

1. どのようにするかを考えてみる。
2. ～より引用したものを論者が再編集した。
3. ～に書かれた内容を以下の五つのステップにまとめる。
4.～資料は～に基づいたものということである。

格式篇

1. 節可以銜接前頁空白部分，章應從下一頁開始。

2. 清楚區分自己的說法和引用的他人學說。引用的格式為：人名は「原文そのまま」と指摘している。

3. 註腳要項：出處、加注、應標至頁碼。可以用來說明事項或補充定義，但盡量避免使用字典上的解釋，而是以學說或論文來佐證。

4. 標頁碼應從原文處開始，目次不需要。

5. 記號要注意：「」（論文）、『』（書籍）。

6. 字型會影響標點符號的位置，中文符號在中間「。」，日文則在右下角「。」。

7. 參考資料的順序：出版年代順、著者五十音順、著作五十音順、著作筆劃數順。

技巧篇

1. 目次的寫法：控制在一頁範圍，並根據研究內容及方法進行。

2. 論文的構成：文字類與非文字類（數據、圖表、影像→標號、註腳說明）。若有大量的圖表應置於附錄資料。

3. 日文文章翻譯成中文後，請找到原本的日文原文，自己再翻成日文為大忌。

4. 文章要適時斷句，不要長於五行。

5. 「同注〇」風險大不建議使用（更改時會有疏漏）⇒「同前揭頁〇〇論文 P頁碼」。

6. 歸納法與演繹法

　（A）歸納法：資料⇒結論【社會學科】

　（B）演繹法：結論⇒資料【自然學科】

7. 論文的撰寫不同於作文，需要客觀、公正，可以藉由引用增加說服力。

8. 不要馬上引用⇒前後加些背景說明再引用。

9. 引用之後不可更動，

（A）若有錯誤：青雨（正しくは青豆・論者／筆者注）

（B）若想強調：「下線部分は論者による」／「下線部分は原文のまま」

（C）若想說明（特別是代名詞）：これ（○○を指す、論者／筆者注）

（D）若想省略：（前略）〜（中略）〜（後略）

10. 不需要一直強調「下線部分は論者による」。第一次提到後以「下線部分は論者による。以下は同様である」表現即可。

11. 結論不建議使用引用⇒是展現自己的舞台。

12. 結論的寫法：用較客觀的角度分析比較，訣竅是「異中求同，同中求異」。同是指最大公約數，異是指獨特性。另外可以使用圖表分析說明。

13. 結論應包含：所有章的結論（まとめ）、研究價值與今後課題。具體內容應對照序論，確認是否前後呼應、盡量避免引用、時式應使用過去式（報告結果）。

架構篇

| 研究動機 |
| 先行研究 |
| 研究内容及び方法 |
| 研究価値及び今後の課題 |
| テキスト |
| 参考文献 |

研究計畫書 ⇒ 論文

| 序論【研究動機、先行研究、研究内容および研究方法】 |
| 本論【2〜3章、各4節】 |
| 結論【まとめ、研究価値及び今後の課題】 |
| 付録資料 |
| テキスト |
| 参考文献 |

1. 研究計畫書的架構

一、研究動機

二、先行研究

三、研究内容及び方法

四、研究価値及び今後の課題

テキスト

参考文献

2. 論文的架構

序　　論【研究動機、先行研究、研究内容および研究方法】　　⇒5％

第一章【第一節　はじめに～第四節おわりに】

第二章【第一節　はじめに～第四節おわりに】　　⇒85％

第三章【第一節　はじめに～第四節おわりに】

結　　論【まとめ、研究価値、今後の課題】　　⇒10％

付録資料

テキスト

参考文献

　　從該生彙整的學習筆記當中，不難看出其實該生已經完全聽進授課的內容，並掌握筆者想要傳達的重點了。該生做到了，各位也做到了嗎？此外，從這份筆記還透露出一個訊息，那就是：「只要一步一步跟上，受教者的潛能是可以被開發出來的。只要勇敢不退縮、持之以恆，用日文撰寫出色的專題報告或學術論文，絕對不是夢想，任何人都可以辦得到」。

　　恭喜你！因為你給自己一個挑戰艱難任務的機會，所以你攻頂成功了！給自己一個大大的掌聲吧！相信未來，只要能本著學習到的基本知識，再透過不斷地練習，一定可以成就你非凡的夢想。祝福你美夢成真！

練習題

對照「初期進度檢核表」、「中期進度檢核表」、「後期進度檢核表」三項檢核表，檢核自己是不是一一完成了呢？加把勁將未完成的項目，逐一達成吧！

附錄

潘朵拉句型用例便利寶典

學習至此，撰寫專題報告或學術論文的道理，大致上都懂，但問題是真正要開始動筆時，卻毫無頭緒、不安。為了減緩讀者的不安情緒，茲將各課學習過的句型彙整於此。讓讀者不僅方便查閱，遇到下列各種情況時，更方便使用。

第1課　認識專題報告或學術論文的組織架構

1. 更改引用範本書寫的文字，標示為當用漢字、假名時所使用的句型

テキストとしては〜〜を使い、旧漢字、旧仮名遣いを当用漢字、現代仮名遣いに改めることにした。

2. 還原引用範本書寫的疊字時所使用的句型

本文にある踊り字は、表記上、困難なため、〜〜のように還元することにした。

第7課 論文中常見的各類日文表達方式

1. 引用書目資料的句型

（一） 資料內容 具體引用	〜（人名） は〜（書名） の中で	「〜〜〜〜〜」と／ 次のように／下記の ように／以下のよう に	指摘している。／評価 している。／批判して いる。／分析してい る。／論述している。／ 考察している。／述べ ている。
（二） 摘要方式 引用	〜〜（人名または書名）によると、／ 〜〜（人名または書名）によれば、／ 〜〜（人名）の話しでは、／ 〜〜（人名または機関名）のレポー トでは、／報告では、		〜〜という。／〜〜と いうことである。／ら しい。／そうである。

2. 定義的句型

（一）〜（人名または機 　　　関名）は	〜〜〜〜を〜〜〜と	定義する。／定義してい る。／定義した。
（二）〜〜〜は（とは）	〜〜である。	
（三）〜〜〜〜とは	〜〜〜を指す。／指している。／意味する。／意 味している。	
（四）〜〜〜〜とは	〜〜のことを言う。／〜〜の意である。	
（五）〜〜の指摘では	〜〜と言われている。／〜〜とされている。	

3. 分類的句型

（一）〜（人名または機関名）は	〜〜〜〜を〜〜〜の種類に	分ける。/ 分けている。/ 分けた。/ 分類する。/ 分類している。/ 分類した。/ 大別する。/ 大別している。/ 大別した。
（二）〜（名詞）は	〜〜〜の種類に	分けられる。/ 分けられている。/ 分けられた。/ 分類される。/ 分類されている。/ 分類された。/ 大別される。/ 大別されている。/ 大別された。
（三）〜（名詞）を	〜〜を基準にして分けると、/ 分類すると、/ 分類すれば、	〜〜〜の種類になる。
（四）〜（名詞）には	〜〜〜の種類が	ある。

4. 舉例說明的句型

（一）例えば、	〜〜には〜〜〜〜などが〜〜	ある。/ 〜に入る。/ 〜の範疇に入る。/ 〜の類に入る。
	〜〜については〜〜などが	〜に当たる。/ 〜とされている。
（二）〜〜〜は	〜〜の総称である。/ 〜〜とも呼ばれる。/ 〜〜の一つである。/ 〜〜の一種である。	

5. 因果關係中著重結果的句型

（一）〜〜〜すると、	〜
（二）〜〜〜した結果、／の結果、	〜
（三）〜〜〜によって、／により、	〜
（四）〜〜〜のため、	〜
（五）〜〜〜が原因で、	〜

6. 因果關係中著重原因的句型

（一）〜〜〜は、	〜〜からである。／〜〜のためである。／〜〜による。／〜〜によるものである。／〜〜に原因がある。
（二）〜〜〜の原因として、	〜がある。／〜が挙げられる。
（三）〜〜〜の原因は、／理由は、	〜にある。／〜と考えられる。／〜と推測される。
（四）〜〜〜のため、	〜
（五）〜〜〜が原因で、	〜

7. 說明製作圖表用意的句型

（一）〜〜〜〜を整理すると、／纏めると、	図1（表1）になる。
（二）〜〜は	図1（表1）に纏めることができる。／纏められる。／示した。
（三）図1（表1）は	〜を示している。／示したものである。
（四）〜は	図1（表1）である。

8. 說明圖表資料中讀出重點的句型

（一）図1（表1）から〜〜〜〜が	分かる。/ 明らかになる。/ 明瞭になる。/ 判明する。
（二）図1（表1）から分かるように、/ 判明するように、/ 明らかなように、	〜
（三）図1（表1）を見て分かるように、/ 判明するように、/ 明らかなように、	〜
（四）図1（表1）が示しているように、	〜
（五）図1（表1）に示すように、/ 示したように、/ 示しているように、	〜

9. 說明圖表資料數據的句型

（一）〜が / は	約 / ほぼ / 凡そ	〜である。
（二）〜が / は	〜ほど / 程度 / 前後	〜である。
（三）〜が / は	〜弱 / 足らず / 近く / 強 / 余り	〜である。
（四）〜が / は		〜を占めている。/ 〜となっている。
（五）〜が / は〜に		達している。/ 及んでいる。/ なっている。/ 上回っている。/ 過ぎない。/ 止まっている。
（六）〜が / は〜を		下回っている。/ 上回っている。/ 切っている。/ 割っている。/ 超えている。

10. 比較圖表資料間數據差異的句型

(一) ～～～が / は～～～より	多い。/ 少ない。/ 高い。/ 低い。/ 大きい。/ 小さい。	
(二) ～～～と～～～ との間には、	ばらつきが見られる。/ 変動が見られる。/ 一定の関係が見られる。	
(三) ～～～が / は	次第に / 急激に / 急速に / 大幅に / 大きく / 著しく / やや / 緩やかに / 徐々に / 僅かに	増加している。/ 増えている。/ 急増している。/ 拡大している。/ 上昇している。/ 上向いている。/ 減少している。/ 減っている。/ 縮小している。/ 低下している。/ 下向いている。/ 下降している。

11. 圖表資料顯示出的趨勢的句型

(一) ～～～が / は	～～～傾向にある。/ 傾向を示している。/ ～になる一方である。/ 始まっている。/ 終わっている。/ 見られる。	
(二) ～～～が / は	横ばい状態になっている。/ 頭打ちになっている。/ 先細りになっている。/ 変化はない。/ 一定である。/ 変化していない。/ 一定している。/ 安定している。	
(三) ～の伸び方 / 増え方 / 増加率 / 成長率 / 低下率 / 減り方 / 減少率	が / は	大きくなっている。/ 小さくなっている。/ 激しくなっている。/ 著しくなっている。/ 鈍くなっている。/ 鈍化している。

12. 比較兩者的句型

（一）　AはBより～
（二）　AはBに比べて、／比べると、～
（三）　AはBに比較して、／比較すると、～
（四）　AとBでは、Aの方が～
（五）　Aは～という点でBとは違う。／違っている。／異なる。／異なっている。

13. 比較三者的句型

（一）　～の中、／のうち、Aは一番／最も～
（二）　～の中で、一番／最も～のは、Aである。
（三）　Aの次に／Aに続いて／～の第二位はBである。
（四）　Aに次いで、～のはBである。

14. 推論時使用的句型

（一）　～～～～が／は～～～～に	違いない。／相違ない。
（二）　～～～～が／は～～～～と	予測される。／予測されよう。／予想される。／予想されよう。
（三）　～～～～が／は	予測される。／予測されよう。／予想される。／予想されよう。

15. 下判斷或評語時使用的句型

（一）このように、/ このことから、/ 以上のことから、/ 上記のことから、/ この結果から、/ この結果、	〜〜〜が	分かる。 / 明らかになる。 / 明瞭になる。 / 判明する。 / 判断できる。 / 窺える。 / 窺えよう。 / 考えられる。 / 考えられよう。 / 推察される。 / 推察されよう。 / 推測できよう。
	〜〜〜と	言える。 / 言えよう。 / 言えるのではないか。 / 言ってもよい。 / 言っても過言ではない。 / 言っても言い過ぎではない。 / 言っても差し支えない。
（二）この結果は / このことは / この〜〜〜〜は	〜を示している。 / 示唆している。	

16. 表達贊成意見的句型

（一）〜〜〜〜の論説に	賛成する。 / 賛同する。 / 賛成の意を表したい。 / 異論はない。 / 同意できる。 / 耳を傾けるべきである。
（二）〜〜〜〜の論説は	示唆的である。 / 重要な指摘である。 / 傾聴に値する。 / 注目に値する。 / 納得できる。 / 傾聴すべきである。

17. 表達反對意見的句型

（一）〜〜〜〜の論説には	賛成しかねる。／賛同できない。／同意しかねる。／納得できない。／納得がいかない。／異論がある。／腑に落ちない所がある。／疑問がある。／問題がある。／問題があるのではなかろうか。／問題が大きい。
	未解明の部分が残されている。／検討する余地がある。／検討する余地が残されている。／修正する余地が十分にある。／再検討の必要がある。
（二）〜〜〜〜の論説では／〜〜〜〜によっては〜〜〜〜について、	説明しきれない所がある。／解明しきれない部分が残っている。
（三）〜〜〜〜について〜〜〜〜の論説とは	見解を異にする。／見方が異なる。
（四）〜〜〜〜かどうかについては疑問である。／疑問がある。／疑問が残る。	
（五）〜〜〜〜てもよいのではないだろうか。／〜〜〜〜てもよいであろう。／〜〜〜〜てもよかろう。	

18. 表達主張的句型

（一）〜〜〜〜しなければならない。
（二）〜〜すべきである。／するべきである。
（三）〜〜する必要がある。
（四）〜〜した方がよい。／よかろう。／よいのではないか。／よいのではなかろうか。

19. 用於補充說明時的用詞

用法	使用說明
（一）ただし	補充例外資料，局部修正前面敘述的內容。
（二）もっとも	補充例外資料，局部修正前面敘述的內容。
（三）ただ	補充例外資料，局部修正前面敘述的內容。（口語用法）
（四）なお	補充相關訊息，增加前面敘述內容的厚實度。
（五）ちなみに	補充其他訊息，增加前面敘述內容的寬廣度。不補充其他訊息，也無傷大雅。

20. 用於轉換話題時的用詞

用法	使用說明
（一）さて	進入正題時使用。
（二）ところで	從正題離開或回到正題時使用。
（三）それでは／では	進入另一階段課題時使用。
（四）一方（で）／他方	進入另一相對課題時使用。
（五）とすれば／とすると	假設情況下進入另一新課題時使用。

21. 用於回顧先行研究時的句型

（一）〜〜について 　　　の研究は、	比較的少ない。／殆どない。／不十分である。／十分だとは言い難い。／十分行われていない。／十分には行われていない。／十分に行われているとは言えない。／十分行われているとは言い難い。
（二）〜〜〜〜については、	解明されていない。／未だに解明されていない。／十分に解明されているとは言えない。／十分に解明されているとは言い難い。／詳しく検討されていない。／再検討する余地がある。／不明な所が多々ある。／詳細は不明である。／未解明の部分が多い。／未解明の部分が残されている。

22. 交代研究步驟時使用的句型

本章（本節）では、まず、〜〜について〜〜する。次に、〜〜を〜〜考察する。最後に、〜〜に関して〜〜纏める。

23. 交代使用資料時使用的句型

〜〜を究明するにあたって、本章では、〜〜を資料として使用することにした。

第9課　彙整龐雜資料的最高準則：
異中求同、同中求異

1. 二者間的比較（力求共通點）

1. AもBも〜という点では、同じである。／同様である。／変わらない。／変わりがない。／相違はない。／共通している。／共通である。／違いはない。
2. AもBも、どちらも〜。／いずれも〜。

2. 二者間的比較（力求不同點）

1. AはBに比べると、／と比べて、〜。
2. AよりもBのほうが〜。
3. Aは〜が、しかし、Bは〜。
4. Aは〜という点で、Bとは違う。／違っている。／相違している。／異なる。／異なっている。
5. Aが〜のに対して、Bは〜。
6. AはBと反対に、／対照的に、〜。
7. Aは〜。それに対して、Bは〜。
8. Aは〜。一方、／反面、Bは〜。

第10課　推論方式：三段論法
（由前提來推論）

常見的推論句型

> ～～～～～～～～～～～～（陳述既定的事實）～～～～～～～～～～
> ～～。～～～～～～～～～～～～～～～～（前提1）。また（その上 / さら
> に）、～～～～～～～～（前提2）。ということは（このことから）、
> きっと～～～～～～～～～に相違ない（違いない / と推測される）。

第11課　意見表達：贊成意見VS.反對意見

1. 表達贊成意見的句型

（一）～～～～の論説に	賛成する。 / 賛同する。 / 賛成の意を表したい。 / 同意する。 / 同意できる。 / 耳を傾けるべきである。 / 異論はない。 / 共感を覚える。
（二）～～～～の論説は	示唆的である。 / 重要な指摘である。 / 傾聴に値する。 / 注目に値する。 / 納得できる。 / 傾聴すべきである。 / 疑い得ない。

2.「先肯定再婉轉否定」的表達反對意見模式

> ～～～～～～～～～～～～～～。確かに、～～～～～～～～～～には一
> 理ある。しかし、視点を～～に変えてみれば（広げてみれば / ずらしてみ
> れば）、～～～～～～～～～～～ということも言えるのではないか
> （と言っても過言ではない）。

第12課 「結論」的寫法

1. 基本版「結論」的寫作模式

結論

　本論文は、〜〜を問題意識とし、〜〜について考察したものである。〜章に分けて、研究対象としたものについての分析と考察を試みた。その結果は以下の通りである。

　第一章では、〜を中心に考察を進めた。〜〜〜。

　第二章では、〜をめぐって分析と考察を行なった。〜〜。

　第三章では、〜を中心に考察した。〜〜〜〜〜〜〜〜〜〜〜〜〜〜〜〜〜〜〜〜〜〜〜〜〜〜〜〜〜〜〜〜〜〜〜〜〜〜〜。

　このように、〜を問題意識にして追求してきた本論文では、〜〜〜〜〜〜〜〜〜を結論として導き出すことが出来た。

　本論文の研究価値は〜〜にある。まず、〜〜〜〜〜〜〜〜〜〜〜〜〜〜〜〜〜〜〜〜〜〜〜〜〜。次に、〜〜〜〜〜〜〜〜〜〜〜〜〜〜〜〜〜〜〜〜〜〜〜。

　なお、今後の課題であるが、〜〜〜〜〜〜〜〜〜〜〜〜〜〜〜〜〜〜〜〜〜〜〜〜をテーマとしたい。

2. 進階版「結論」的寫作模式

結論

　本論文は、〜〜を問題意識に、三つの課題を設けて〜〜について考察したものである。その三つの課題とは以下のような問題である。

　第一の課題については、〜〜〜を中心に考察した。〜〜〜。

　第二の課題については、〜を中心に考察を進めてきた。〜〜〜。

　第三の課題については、〜を中心に考察を行なった。〜〜。

　このように、三つの課題を設けて追求してきた本論文では、〜〜〜〜〜〜〜〜〜〜を結論として導き出すことが出来た。

　本論文の研究価値は〜〜にある。まず、〜〜。次に、〜〜〜〜〜〜〜〜〜〜〜〜〜〜〜〜〜〜〜〜〜〜〜〜〜〜〜。

　なお、今後の課題であるが、〜〜〜〜〜〜〜〜〜〜〜〜〜〜〜〜〜〜〜〜〜〜〜〜〜〜〜〜〜〜〜〜〜をテーマとしたい。

練習題解答

第1課

練習題（一）

當遇到使用文本夏目漱石的《我是貓》（『吾輩は猫である』）作品為舊字體所書寫，想將舊字體改用新字體來標示時，要如何處理呢？

　漱石の『吾輩は猫である』のテキストとしては、『漱石全集』（昭和41年初版、昭和50年第二版岩波書店、第1巻）を使い、旧漢字、旧仮名遣いを当用漢字、現代仮名遣いに改めることにした。

練習題（二）

當遇到使用文本森鷗外的《半日》作品中「それぞれ」等的「踊り字」，想用橫寫方式來標示時，要如何處理呢？

　使用した森鷗外の『半日』本文にある「それぞれ」の踊り字は、表記上、困難なため、「それぞれ」のように還元することにした。

第2課

練習題

請從上面編排目次的模式當中，選擇一種來套用，試著寫出自己的目次。

（略）

第3課

 練習題（一）

請閱讀下面A、B、C、D、E五篇文章，根據寫法將之分類成「敘述文」、「說明文」或「意見文」，並找出各篇文章的主題。

A 1960年代の日本アニメと後の発展を紹介した説明文

B 2011年の民主党に関わる政治状況を批判した意見文

C 葡萄に関する思い出を描いた敘述文

D グルーバル化の中でのM型社会の進行を説明した説明文

E 2000年代の非正規雇用問題を批判し経営の転換を求める意見文

練習題（二）

請將【　　】中填入適當的用詞，以增加該說法的說服力。

1.

　　2006年 、57歳でフランツ・カフカ賞を受賞し、2009年にはエルサレム賞、毎日出版文化賞を授与された

2.

　　2010年4月、アメリカの雑誌『タイム』が世界で最も影響力のある有名人100人を選出する「タイム100」のアーティスト部門で1位になった

3.

『平成16年版少子化社会白書』では、「合計特殊出生率が人口置き換え水準をはるかに下まわり、かつ、子どもの数が高齢者人口（65歳以上人口）よりも少なくなった社会」を、「少子社会」と定義し、日本は1997年に少子社会となったという[1]。また、同白書では、「2003年の各国の出生率は、香港が0.94、台湾が1.24、シンガポールは1.25、韓国は02年で1.17である」と触れている[2]。

---

[1] 「平成16年版少子化社会白書」
http://www8.cao.go.jp/shoushi/whitepaper/w-2004/html-h/html/g1110020.html（2011年7月11日閲覧）
[2] http://www8.cao.go.jp/shoushi/whitepaper/w-2004/html-h/html/g1640010.html（2011年7月11日閲覧）

第4課

 練習題（一）

請應用分類、論證的概念，將美女分類為「美女」與「非美女」，再將適當的詞彙填入表格空白處。並用日文，表達出西洋與東洋的「美女以及非美女」的差異。

美女と非美女は、人類の歴史を左右してきたとよく言われる。

　西洋で歴史を動かした美女と言えば、まず、ギリシア神話のトロイア戦争の美女ヘレネーがあげられるだろう。表向きはスパルタ王テュンダレオースと王妃レーダーの娘であるが、実父はオリンポスの主神ゼウスである。神話では、ヘレネーの結婚に際し、ギリシア中から集まった求婚者に対して、義父テュンダレオースは、誰かを選んで恨みをかわないように「誰が選ばれても、その男が困難に陥った場合には、全員がその男を助ける」という約束をさせ、彼らの中からメネラーオスを選んだ。

　しかし、メネラーオスの妻となったヘレネーは、イーリオスの王子パリスの訪問を受けて、パリスに魅了され、トロイアまでついていってしまった。メネラーオスとその兄アガメムノーンらは、ヘレネーを取り返すべく、求婚者仲間たちを集めてトロイアに攻め寄せた。元求婚者たちは、前の約束のために、トロイア戦争に参加した。10年におよぶ攻囲戦ののち、トロイの木馬の計略でトロイアが滅亡した話はよく知られている。

　一方、非美女と言えば、同じトロイア戦争のカッサンドラーをあげることができるだろう。彼女はプリアモス王とヘカベーとの間に生まれたトロイア王族の娘で、兄にギリシアの英雄アキレスと死闘をくりひろげたイーリオスの英雄ヘクトールと、「パリスの審判」で知られ、イーリオスに戦乱（ひいては滅亡）をもたらしたパリスを持つ。

　オリンポスの予言と死の神アポローンに愛され、アポローンの恋人になる代わりに予言能力を授かったが、その瞬間、アポローンの愛が冷めて自分を捨て去る未来が見えたため、アポローンの愛を拒絶した。そのため、カッサンドラーの予言は誰にも信じられないようにされてしまった。カッサンドラーは、パリスがヘレネーをさらってきたときも、トロイアの木馬をイリオス市民が市内に運び込もうとしたときも、これらが破滅につながることを予言して抗議したが、誰も信じなかった。

西洋の美人も非美人も悲劇の当事者で、悲劇の顛末に深く関わっている。

　では、東洋の美人はどうか。国が滅亡する原因ともなるほどの美女のことを「傾国の美女」と言うが、それほどの美女は誰か。台湾では、西施が美人の代名詞になっているが、それ以上に美人で有名なのは、褒姒だろう。

　彼女の出生は、謎に包まれている。一説によれば、素性も知れぬ捨て子だったとも、龍の口から出た泡がトカゲに変化して、未亡人の女性と通じて出来た子とも云われている。そして、褒国（陝西褒城にあった姒姓の国）の貧しい商人に拾われ、絶世の美女として育てられたという。

　その後、褒国が周の怒りを買い、褒国王は彼女を幽王に献上した。そのとき幽王はすでに皇后をもっていた。しかし、幽王は褒姒の美しさに惹かれ、彼女を溺愛し、皇后を廃して褒姒を皇后にし、前の后の子供が太子であったのを廃嫡して、褒姒との間に生まれた子を太子とした。

　褒姒といえば、有名な逸話がある。彼女はどんなことがあっても、笑顔を見せなかったという。そこで幽王は、彼女の笑顔を見たさに様々な手段を用いた。ある時、高級な絹を裂く音を聞いた褒姒がフッと微かに笑ったのを見て、幽王は全国から大量の絹を集めてそれを引き裂いた。しかし、褒姒はそれに慣れてしまうとまた笑わなくなった。

　そんなある日、何かの手違いで烽火が上がり、諸侯が周の王宮に集まった。何もないのに諸侯が集まったのを見て、再び褒姒が笑った。それを見た幽王は再び褒姒の笑顔を見たさに、有事でもないのに烽火をあげ、諸侯を集めた。こうして褒姒は笑顔を見せるようになったが、褒姒のための烽火が何度もくりかえされると、周に仕える諸侯は、次第に幽王を見限りはじめた。

そんな中、ついに不満を持った諸侯が周に反乱を起こした。それに驚いた幽王は、有事の烽火を上げたが、いつもの愚行と見た諸侯は、もう集まらなかった。結局、幽王は驪山の麓で捕えられて、その場で殺され、西周は滅びてしまった。

　褒姒を傾国の一位にあげる人達は、褒姒が何もせずして幽王を夢中にさせ、最後は、ただ褒姒を喜ばすためだけに烽火をあげさせ、国を滅ぼしてしまったという、それほどの魅力を評価している。

　他方、東洋の非美人と言えば、歴史上、悪女、妖女と言われ続けた夏姫が有名だ。夏姫は春秋時代の人で、鄭（姫姓）の穆公の娘として陳の夏氏（大夫夏）に嫁したが、多くの男性と関係があった。その子供の徴舒は、夏姫と関係した君主を射殺した。楚の荘王は、君主を殺した夏氏討伐の軍を起こし、陳に入って徴舒を討ち、陳を楚に編入してしまった。

　荘王は夏姫を側室に加えようとしたが、巫臣（ふしん）という家臣が「それでは淫の大罪です」と諫めた。次に令尹の子反（公子の側）が夏姫に目をつけたが、巫臣は「あの女に関わった男は皆ひどい目にあい、国まで滅んだ。あんな不吉な女と……」と忠告した。

　荘王は、夏姫を連尹（官名）の襄老に与えたが、襄老は晋との戦で戦死し、亡骸は晋に奪い去られた。夏姫は、継子の黒要と通じた。その後、巫臣は夏姫に鄭に帰るようにすすめて晋に亡命し、夏姫と結ばれる。夏姫を手に入れた巫臣を恨んだ子反は巫臣一族を殺害した。子反への復讐として巫臣は呉との関係を深め、中原の戦車戦術を教えて、楚を攻撃させた。春秋時代の呉と楚の激闘は、それが発端になっている。夏姫も国の運命を変えた女性だったのである。

どちらの美女、非美女も日本では小説によく取り上げられてきた。特に、夏姫は、宮城谷昌光が小説『夏姫春秋』を発表し、新しい夏姫像を打ち出してから、悪女、妖女という見方が一変した。東洋の美女と非美女は、西洋の美女と非美女よりも、受け身に描かれることが多いが、支配者の男性を自分のために自然に奔走させてしまう点では、西洋の美女と非美女より影響力は強かったのかもしれない。

出典：Wikipedia「ヘレネー」「カッサンドラー」「褒姒」「巫臣」を元に改変。

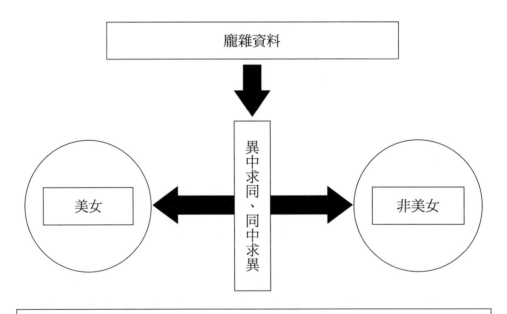

龐雜資料

異中求同、同中求異

美女　　　　　　非美女

收集資料→閱讀資料→過濾、統整資料→鋪陳

練習題（二）

表達一個論點，須用一回合的論述來鋪陳，讓論點的成立更加合理、客觀，因此需要完整的鋪陳程序。請在下表中填入鋪陳程序，之後再用日文表達出來。

鋪陳的程序

引用 ➡ 推論 ➡ 判斷 ➡ 意見 ➡ 主張

日文表達

村上春樹に対する評価は、日本では二つに分かれている。
Wikipediaによれば、村上春樹を否定する意見も多い。

　　柄谷行人は1980年代に、村上の作風を保田與重郎などに連なる「ロマンティック・アイロニー」であるとし、そこに描かれる「風景」が人の意思に従属する「人工的なもの」だと喝破した。また渡部直己は、村上の語りを「黙説法」と呼び、その作品が自己愛の現れに過ぎないものであると論じた。他にも蓮實重彦などは、村上の小説を「結婚詐欺の小説」と断じて一顧だにせず、松浦寿輝は「言葉にはローカルな土地に根ざしたしがらみがあるはずなのに、村上春樹さんの文章には土も血も匂わない。いやらしさと甘美さとがないまぜになったようなしがらみですよね。それがスパッと切れていて、ちょっと詐欺にあったような気がする。うまいのは確かだが、文学ってそういうものなのか」として、その文学性に疑問を呈している。

以上のように、村上春樹を否定する評論家は、その人工性を嫌っている。その一方で、村上春樹を高く評価する研究者も多い。Wikipediaでは、以下のような見解が述べられている。

　　加藤典洋、川本三郎らは村上を高く評価し、それぞれ自著で村上の各作品を詳細に論じており、福田和也は『「内なる近代」の超克』で称賛し、『作家の値うち』では夏目漱石以来の最も重要な作家と位置づけ、『ねじまき鳥クロニクル』に現役作家の最高得点を与えた。内田樹は、多数の批判者を「村上春樹に対する集団的憎悪」と呼び、自著『村上春樹にご用心』の中で、村上を高く評価する一方で、蓮實重彦らに反論している。ほかに竹田青嗣、柘植光彦などは肯定派である。

　肯定する研究者は、作品論的な視点から村上春樹の言語表現の特徴を高く評価している。

　これを見ると、両者の評価の基準は一致していないことが推測できる。否定派は、村上春樹の言語表現を「人工的」として否定する一方、肯定派は逆に、その言語表現を「人工性」のために高く評価しているからである。同じ「人工的」言語表現をめぐって、評価が正反対になっているのは、日本の文壇の特異性とも言えよう。

　以上から、日本の文壇は、村上春樹をめぐって勢力が二分されていると考えられる。比較的古い世代の柄谷行人、蓮實重彦のような評論家は、人工性を文学の価値として認めていないと言える。一方、加藤典洋、川本三郎のような比較的若い世代の研究者は、人工性を文学に必要な構造として評価していると考えられる。

村上春樹への評価が新旧対立を表しているとすれば、日本の今後の文芸のためには、後者の意見を重視することが大切だろう。つまり、人工的であれ、人為的であれ、文学が新しい試みをしなければ、これ以上の発展は望めないからである。新しさと言う点では、村上春樹を誰も否定できない。

　　日本の今後の文化的発展のためには、村上春樹のように斬新な試みを繰り返す若い世代の作家たちをいかに評価し、援助していくかが大切になるだろう。それをするのは、実はひとりひとりの読者の仕事である。

出典：Wikipedia「村上春樹」を一部引用。

第5課

 練習題

請參考上面所列的範例，試著撰寫一份符合自我設定題目的「序論」。
（略）

第6課

練習題（一）

請套上基本版寫作模式，試著寫看看自己的「第一章」。

（略）

練習題（二）

請套上進階版寫作模式，試著寫看看自己的「第一章」。

（略）

- -

第7課

練習題（一）

請注意引用格式，將下面的文章正確引用出來。

1. 大貫恵美子の『ねじ曲げられた桜』には、「桜の樹や花には実用的な価値は
   ほとんどない。考え方と情緒の両方を喚起する源泉は、桜の花の美的価値で
   ある。桜の花の美的価値は、もともと生産力と生殖力を宗教的な意味で美し
   いものと考える農耕宇宙観に根ざしている」と書かれている。

2. 中村明は『笑いのセンス』の中で、「すばらしい絵や音楽に魅了されたり、美しい人に不覚にも心を奪われたりしてほほえむこともあり、小犬のかわいいしぐさに思わずこぼれる笑みもある。恍惚感のうっとりとした笑顔もその一種だろう」と主張している。

 練習題（二）

請定義下面的詞彙。

1. 厚生労働省は、ニートを、総務省が行っている労働力調査における、15～34歳で、非労働力人口のうち家事も通学もしていない人と定義している。

2. フリーターとは、厚生労働省の定義によれば、15～34歳の若年（ただし、学生と主婦を除く）のうち、パート・アルバイト（派遣等を含む）及び働く意志のある無職の人を指している。

練習題（三）

請參考下面圖示的關係，用分類的句型，還原成文字的敘述。

1. 小林さんの財産は、不動産、定期貯金、普通貯金、債券、先物、株、現金の7種類に分けられている。

2. 野村総合研究所の定義によって、オタクの種類を分けると、市場の大きい順に、コミック、旅行、芸能人、自動車、組み立てPC、ゲーム、アニメーション、カメラ、AV機器、ファッション、携帯型IT機器、鉄道の12種類となっている。

 **練習題（四）**

請完成下面的句子，使其語意完整。

1. 「地球温暖化」は、【地球表面の大気や海洋の平均温度が長期的に見て上昇する現象で、温暖化の影響も含む】とされている。例えば、【平均温度の上昇による、生態系の変化や海水面上昇による海岸線の浸食、大規模な気候変動なども含めて「地球温暖化問題」と言われる】。

2. 「地震」は、【地球を覆っている各大陸間プレートとプレートが摩擦して、エネルギーを発散させる地質現象の一つ】である。また、【海底が山脈に隆起するような、より長期的な変動は地殻変動と呼ばれる】。

 **練習題（五）**

請比較下面兩者間的差異。

1. 携帯電話は、電話料金の計算の仕方という点では、固定電話とは違う。

2. 現金は、クレジットカードと比較して、どこでも使える便利さがある。

練習題（六）

請完成下面的句子，使其語意完整。

1. 台湾における日本語学科の卒業生の就職状況を究明するにあたって、本章では、2005年度から2010年度までのアンケート調査を資料として使用することにした。ただし、【台北の大学についてのデータは、2009年度の調査によるものである】。

2. 台湾における日本語学科の卒業生の就職状況を究明するにあたって、本章では、2005年度から2010年度までのアンケート調査を資料として使用することにした。もっとも、【台北の大学についてのデータは、2009年度の調査によるものである】。

3. 台湾における日本語学科の卒業生の就職状況を究明するにあたって、本章では、2005年度から2010年度までのアンケート調査を資料として使用することにした。なお、【調査は匿名で、各大学の日本語学科にアンケート用紙を送り、被調査者として100人から200人を選んで調査してもらった】。

4. 台湾における日本語学科の卒業生の就職状況を究明するにあたって、本章では、2005年度から2010年度までのアンケート調査を資料として使用することにした。ちなみに、【台湾でこのような大規模な総合的調査が継続して行なわれたのは、今回が初めてである】。

第8課

練習題

請閱讀下面三篇日文文章，特別注意在段落之後，如何用日文接續表達圖表的特徵以及變化。

1.

　　第1は、日本のGDPについてである。日本のGDPは、1990年代のバブル崩壊後の不況時に成長率が低下したものの、この25年間で長期的に見れば上昇傾向にあり、1981年の2,734,000円から2005年の4,244,000円まで上昇している。第2は、「生活全般に満足しているかどうか」（生活満足度）を5段階評価の平均得点で見てみると、84年の3.60が最高で、90年以降は生活満足度が次第に減少し、2005年には3.07となっている。第3に、

GDPと生活満足度との相関であるが、ほぼ逆相関になっている。つまり、この25年間で見ると、日本では収入が増えるに従って、幸福度が減少していく傾向にあると結論づけることができる。

2.

　　まず、横軸の中で比較的所得水準が低いグループの国々（年収20,000ドル未満）で見ると、図2の折れ線のように、所得が低くても幸福度は先進国と同じように高いと考えられる。比較的低収入の生活状態でも、幸福度は高い場合があると見て間違いはないであろう。

　　しかし、年収20,000ドル以上の比較的所得水準が高い先進国では、20,000ドルから55,000ドルまで所得が上昇しても、幸福度はほぼ水平のままである。つまり、所得が2.5倍になっているのに幸福感は高まらないと言える。このことから、幸福度を感じる基準は国の状況によって大きく変わり、収入だけでは幸福感は決まらないと言える。

3.

　　折れ線のジニ係数の値を見ると、最も格差の大きい国は最高で約60、逆に最も格差の少ない国は最低で25あまりとなっている。中間の値は40前後になる。そこで、中間の値として40前後を境にして、ジニ係数が低い国と高い国を分け、幸福度を比べてみると、ジニ係数が低い国でも高い国でも幸福度との相関関係は認められない。

　　つまり、格差と幸福度との関係を見てみると、相関はまったく見られないことが分かる。ここからは、社会全体の経済的社会的状況よりも、個人の置かれた状況のほうが幸福度により大きな影響を与えていることがうかがえる。

第9課

 練習題 （一）

請依據明確的分類基準，試著將下面的例子做分類。

（解答僅供參考）

1.

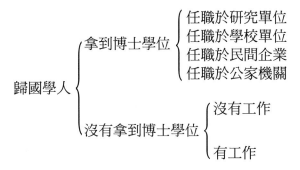

歸國學人
- 拿到博士學位
  - 任職於研究單位
  - 任職於學校單位
  - 任職於民間企業
  - 任職於公家機關
- 沒有拿到博士學位
  - 沒有工作
  - 有工作

2.

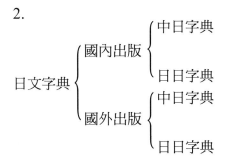

日文字典
- 國內出版
  - 中日字典
  - 日日字典
- 國外出版
  - 中日字典
  - 日日字典

3.

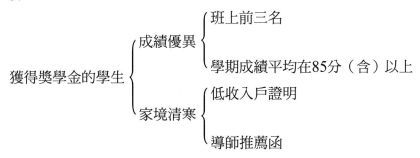

獲得獎學金的學生
- 成績優異
  - 班上前三名
  - 學期成績平均在85分（含）以上
- 家境清寒
  - 低收入戶證明
  - 導師推薦函

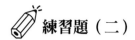 **練習題（二）**

請依據明確的分類基準，試著增加一項「其他」的分類，將下面的例子做分類。

（解答僅供參考）

1.

被勒令退學學生
- 超過修業年限
- 連續兩次所修學分沒有過半（連續雙1/2）
- 其他
  - 被記三次大過
  - 觸犯刑法、判決確定

2.

投資理財
- 獲利
- 虧損
- 其他
  - 不賺也不賠
  - 轉投資失利
  - 遇到詐騙集團
  - 理專捲款而逃

 **練習題（三）**

請用「異中求同、同中求異」的原則，比較下列事物的不同點與相同點。

1.

　　日本人も中国人も、漢字圏に属している東洋人であるという点では、同じである。しかし、日本人が勤勉できめ細やかな性質を持っているのに対して、中国人は朗らかで、大雑把な性質を持っている。また、日本人は社会集団の同一性を重視しているのに対して、中国人は家族と血族の繋がりを中心に動いている。

2.

　　親も子供も大事な家族の一員という点では、変わりがない。しかし、親はややもすれば、子供の意志を尊重せずに自分の思い通りに子供を動かしがちだ。それに対して、子供は親の配慮に感謝しないどころか、常に自分の我儘を通そうとする。一方、親は社会的経験から考えて、より安定した有利な職業に子供を就けようとする。しかし、子供の方は自分の興味と関心を優先に仕事を選ぼうとする。

 練習題（四）

請參考上述的實例，將下面圖示東西的關連性，還原成文字敘述。
（解答僅供參考）

1.

　　日本の「月見団子」も台湾の「月餅」も、8月15日の中秋の名月の時に食べるものであるという点では、共通している。どちらも、長い歴史を経て風流な季節を楽しみながら食べるものである。一方、相違点として、「月見団子」は甘いものだけで、具は小豆だけで単純なのに対して、「月餅」の場合は、甘いものもあれば、塩辛いものもあり、大きさも様々なことが挙げられる。

　　この「月餅」は台湾を代表する秋の名物だから、今でもどこでも同じなのかというと、実はそうではない。カロリーの低い材料を使って、「月餅」を健康食品に改良する動きがある一方で、昔ながらの味を失わずに、カロリーの高いお菓子に仕上げる伝統も強く残っている。このように、台湾は小さい島だと言うものの、同じ「月餅」でも流行や見方によって調理法が大きく異なり、食感のかなり違う食べ物になっている。

ところで、カロリーの低い「月餅」もカロリーの高い「月餅」も、おいしいという点では変わりはないが、両方とも中秋の名月で最近、人気のある食べ物の「焼き肉」に取って代わられて、台湾では以前ほどは食べられなくなってきている。また、どちらも日本の「月見団子」と同じように、時代と共に名月を楽しむ伝統的な風流からは、だんだん遠ざかっているような気がする。しばらく忙しい日々を逃れ、伝統文化に親しもうと考えるのなら、もう一度皆でテーブルを囲み、月見をしながら「月餅」または「月見団子」を食べてみることも、飽食の時代に決して悪くはない試みであろう。

2.

　現在、台湾で流行している若者文化には、大きく分けて二つの系統があると言える。一つは日本から来た若者文化で、もう一つは韓国から来た若者文化である。どちらも東アジアの国の文化で、親しみやすく、また台湾との生活感覚の共通性が高いという点では同じである。また、どちらもテレビやインターネットなどのメディアを通じて、台湾の若者の日常生活に影響している点もよく似ている。

　一方、相違点を考えてみると、日本の若者文化は台湾での流行の歴史はかなり長い。1970年代から、日本の番組と知らないで日本のアニメをテレビで見てきた台湾人は多いだろう。また、歌詞は台湾語や中国語になっているが、メロディーは日本の流行歌というカバー曲が、台湾では長いこと流行っていた。それに対して、韓国の若者文化はといえば、2000年代半ばに入って「韓流ブーム」が始まってからのもので、まだ流行の歴史は長いとは言えない。

　また、どちらも若者文化なので、だいたい同じかというと、実はそうではなく、相違点も多い。

日本の若者文化は、この30年あまり、次第に発展し多様化してきた広がりと、層の厚さを持っている。従って、流行のジャンルは非常に幅が広い。仮にテレビ系、歌謡系、漫画アニメ系、ファッション系、グッズ系と分けてみると、テレビ系ではドラマからバラエティーまで番組の種類は多く、歌謡系もティーン、ジャニーズから演歌まで老若男女の全体をカバーする歌を持っている。世界中で人気のある漫画アニメ系には、漫画、アニメ、ゲームという主要なジャンルがあり、それぞれ非常に多くの作品が発表され続けている。ファッション系にも、ティーンからミドルエイジまでの幅広いデザインがあり、UNIQLOなどの人気ブランドも揃っている。アクセサリーなども豊富で、さらにコスプレは最近の新しい流行として世界中に広がりつつある。また、日本と言えば「雑貨」であり、便利でかわいいデザインのさまざまな製品は台湾で幅広い人気を得ている。

　では、韓国の若者文化はどうか。韓流はまだ新しい流行なので、比較的流行のジャンルは限られている。「韓ドラ」で知られた「冬のソナタ」などのドラマがまず、中心の一つだろう。日本のドラマのキャラクターと違って、素朴で素直なひたむきさを持つ主人公達が繰り広げる韓国ドラマは、日本のドラマとは違った、ストレートな感情表現が人気の理由だろう。また、東洋系の美男美女が次々に登場してくる点も魅力と言える。次に、流行っているのはK-POPであろう。男性グループの「東方神起」や、女性グループの「少女時代」など、質の高いダンスを組み合わせたグループ音楽は、個人で活動する日本のJ-POPとは違った魅力を持ち、幅広い人気を集めている。こうした「韓流」に支えられて、ファッション等も最近は注目されるようになっている。

日本の若者文化は、韓国の若者文化に取って代わられるのでは、という極端な主張をする評論家もいるが、こうして比較してみると、両者には非常に大きな相違点が見られる。互いに個性や発展の仕方が大きく異なっているので、優劣を付ける発想自体が間違っていると思われる。

第10課

 練習題（一）

請依據下面陳述的既定事實，配合兩個前提，來進行推論。

1.

　　子供は不機嫌な時に、必ず「お腹が痛い」と言う。特に母親に怒られた場合は、よく体の不調を訴えることがある。昨日子供が、テレビに気を取られて、ジュースを床一面にこぼしてしまい、母親に怒られた。また、さっきから「お腹が痛い」と言い出した。そこから考えてみると、きっと子供は不機嫌に違いない。

2.

　　歴史の豊かな町なら、古い伝統を守り抜いている住民の生活様式が見られるのではないかと考えるのは当然である。A町は、名所古跡が多く残った町である。また、代々A町に住んでいる岡本さんは、古くから伝わってきた仕来りに従って、長閑な生活を送っている。それは、多分A町が歴史の豊かな町だからに相違ない。

3.

　　台湾では飲食店を経営すれば、生活には困らないと言われている。Bさんは、ラーメンの店を去年から始めた。Bさんの店のあるC街には、レストランや食堂などがかなりできてきた。ということは、C街でレストランや食堂などをすれば、生活には困らないに違いない。

練習題（二）

請從下面的文章中，找出前提與推論出的結果，並且找出延伸出來的話題。

前提：2011年3月11日午後、日本ではマグニチュード9の規模の東北関東大震
　　　　災が発生し、また場所によっては40メートルを超える大津波が発生して
　　　　2万人を越える住民がほぼ一瞬にして亡くなった。

前提：津波の被害で福島県の福島第1原子力発電所では電源が遮断され、3基の
　　　　原子炉がメルトダウンして次々に水素爆発を起こし、チェルノブイリ原
　　　　発事故と同じように大量の放射性物質が排出されて、日本を中心に世界
　　　　中に広がってしまった。

推論1：想定を超えた大地震と大津波が発生する危険は絶対に否定できないと

いうことである。今回の地震は869年、平安時代前期の日本で起こった巨大地震・貞観地震（じょうがんじしん）の再震と言われている。貞観地震の研究では、今回の大津波と同じ被害があったことが数年前から報告されてきた。1000年に1回しか起こらないような地震でも、地球の歴史上では必ず繰り返し起こるのである。

推論2： 次の教訓は、かなりの防災対策を行っている都市と訓練された住民でも、大地震が非常に大きな被害をもたらすことは避けられないという事実である。東北地方の太平洋岸では今までも大津波の経験があり、さまざまな対策を行っていたが、今回の大震災ではほとんど役に立たなかった。

推論3： 大地震と大津波の危険がある地域に、原子炉などの危険な施設があると、いくら対策をしていても取り返しのつかない大事故につながるという事実である。日本政府は今まで、「原発は対策をしているから万全だ」と宣伝してきたが、今回の事故によって、施設自体にまったく対応力がないばかりでなく、政府や電力会社にも危機処理能力がないことが明確になった。

延伸出的話題： 今回の大震災から見ると、現時点（2011年）で日本における地震、津波対策は非常に大きな課題を抱えている。それは、第1に防災対策の進め方である。民主党政権のように、今すぐ役に立たない予算は削るという政策運営をすると、今後、発生する関東大震災や東海大地震などへの対応ができなくなる可能性が高い。しかし、今回の地震で分かったように、今までと同じ対策では、緊急の役には立たない点も考えなくてはならない。どんな対策をすれば効果があるのか、日本の防災対策は大きな転機を迎えている。

 **練習題（三）**

請從下面的文章中，找出前提與推論出的結果，並且找出延伸出來的話題。

前提：日本では、311東北関東大震災の後、生活を見直そうとする動きが広がっている。幸福と経済力との関係についても、かつてのような「お金イコール幸福」という価値観が正しいのかどうか、疑問が提起され始めた。今まで私たちは「会社は儲けなければ意味がない」「仕事はお金を稼いでこそ意味がある」と考え、ひたすらがむしゃらに働き、金銭をなるべくたくさん蓄財することが幸福であり、人生の目標だと思っていた。ところで、2011年8月に原子力行政のトップだった通商産業省の官僚が辞任したが、原子炉爆発の責任を取ることもなく、巨額の退職金を平然と受け取った。今の日本人のエリートを見ていると、「守銭奴」ということばが自然と脳裏に浮かんでくる。日本人はお金の稼ぎ方や使い方を忘れてしまったのではないだろうか、と悲しくなった。

　そんなとき、アメリカの有名な経営学者ドラッカーが「利益は企業存続の条件であって目的ではない」という名言を残しているのを知った。いったいこのことばはどういう意味を持つのだろうか。

理由推論1：利益とは簡単に言えば、収入のことである。しかし、ドラッカーは、収入は存続の条件であって目的ではない、つまり仕事の発展や活動の条件であって目的ではないと言っているのである。会社であれNPO団体であれ、利益を求めるとは言えない学校のような組織でも、組織を維持して事業を発展させるには資金が必要である。だから「利益は存続の条件」ということばは、企業や事業を維持し発展させる、あるいは活動を充実させるには資金が必要不可欠ということである。ここまでは誰でもわかっている。しかし、大事な点は、それだけでは組織や活動の目的にはならないと

いう点であろう。いくら会社が大きくなり事業規模が拡大しても、それだけでは何の目的にもならない。学校にいくら学生が集まり、授業料が増えても、それは学校本来の目的とは何の関係もないのである。

理由推論2：個人で言えば、いくら収入があっても、どんなに大きな家に住んで贅沢をしていても、いくら巨額の貯金をしていても、それだけでは人生の目的にはならないということである。

理由推論3：そうした収入や資源は何に使うかという目的によって、会社や団体が生きるか死ぬかが決まってくるということだろう。個人の場合も同じである。結局、得た収入で何をするのか、それを何に使うのか、そこが大切になるということをドラッカーは言っているのである。このことばは、お金だけを目的にして生きてきた今の日本人に、大変大きなヒントを与えてくれている。

延伸出的話題：お金は使うためにある、お金は使い方次第だ。今の日本の苦境を乗り切るヒントも、そこに隠れていると言えるのではないだろうか。

第11課

練習題（一）
請對下面議題表示贊成意見。

1. 高校入試無試験の政策

　　中学生には高校入学試験を受けなくても入学させた方がよい。それは、高校入試のためだけに、勉強することは好ましくないからである。昨年の大手進学塾の調査によると、よい高校に入るために、放課後も休みも塾に通っている中学生は全体の7割を超えているそうである。発育中の中学生にとって最も大切なのは、十分な睡眠と運動、そしてクラスの友人や先輩後輩などとのコミュニケーション能力の向上だと思う。また、受験勉強だけができても、個人の能力訓練としては十分ではない。現代社会では、幅広い技術が社会の発展に必要で、多様な人材を育成することが発展の基本条件であろう。したがって、台湾の教育部から打ち出された「高校入試無試験の政策」に賛成する。

2. 兵役免除の政策

　　台湾では男性は特別な事情がない限り、20才になると兵役に就く義務がある。しかし、現代社会の発展によって、満20才の男性が全員兵役に就く必要はなくなってきている。それは、科学技術の発展により先進的な兵器や装備が開発されつつあるからである。国家にとって、国家防衛のためには、兵士の数よりも兵器や装備の質を高めることが緊急の課題であると思われる。また、満20才の男性を全員兵隊にするような徴兵政策を行うと、国家の人材育成や財政に大きな負担がかかることも考えなければならない。したがって、台湾の国防省から提出された「兵役免除」の政策に賛同する。

3. 不在者投票の政策

　　民主社会では、選挙を通して有能な人物を選び、政治を任せる制度が行われて久しい。選挙は民主社会を維持する、最も基本的な制度と言えよう。したがって、選挙日に投票できない人には、不在者投票を認めた方がよい。それは、選挙日に投票できない人や国外にいて国内の投票ができない人にも投票の権利は平等にあり、民主社会では国民全員に政治家を決定する権利があるからである。何らかの事情で投票がその日にできないからといって、大切な権利が保障されないのは民主国家の条件に反すると言える。特に国家の運営にとって最も大切な点は、全国民に選挙への関心を持たせ、関与するようにさせることである。従って、海外出向者を含む不在者投票を認める政策を出した○○党議員団の見解に異論はない。

 **練習題（二）**

從下面的範例中找出，贊成什麼？贊成的理由？

贊成的內容

　　日本政府と厚生労働省の放射性物質による食品汚染対策は、まったく不十分と言わざるを得ない。流通の監視ばかりではなく、食品の安全について、必要な対策をただちに取るように求めたい。

所持贊成的理由

　　チェルノブイリ事故で起こった放射性物質による食品汚染では、5年から10年経って、汚染食品を食べていた乳幼児や子どもたちに通常の数十倍のガン等が発生し、また、発育や精神発達に深刻な影響が広がったことが今までの研究で明らかになっている。こうしたデータから見て、今、影響が出ていなくても5年後、10年後には深刻な影響が広がることは避けられず、日本政府と厚生労働省の対策は、今までの科学的事実を無視している。

　　また、今回の汚染牛肉は、放射性物質で汚染された稲藁や牧草を食べた牛の肉だったことが分かっている。原発から出ている放射性物質は今も、日本あるいは大気中に拡散し続けており、ますます汚染の濃度が高まっている。田畑や森林、あるいは河川や湖沼などに大量の放射性物質が溜まっていく可能性があるにもかかわらず、日本政府と厚生労働省は「危険はない」というばかりで、地域の汚染実態の基本的な調査も進んでいない。

　　このままでは、5年後、10年後に日本の各地で放射性物質汚染食品の被害が多発することは避けられないであろう。

 **練習題**（三）

請對下面議題表示反對意見。

1. 高校入試無試験の政策

　　台湾の教育部（日本の文部科学省に当たる)は、12年間の義務教育政策を徹底的に実現させるため、2012年から「高校入試無試験」を実施する方針を打ち出した。確かに、台湾の教育部がおこなってきた12年間の義務

教育政策は教育の普及には一理あり、義務教育を推進させる効果をあげてきた。しかし、教育の現状に視点を変えてみれば、学力低下の問題が逆に深刻になりつつあり、台湾で教育を受けた国民の持つ国際的競争力がだんだん落ちていく危険があると言えるのではないか。今後の台湾の人材の育成では、量を増やすだけでなく質を高めることこそ最も大切な点であろう。これを考えると、台湾の教育部が打ち出した「高校入試無試験」の政策は、ただ量を拡大することしか考えておらず、台湾の将来を危うくするかもしれない。よって、「高校入試無試験」の政策には反対である。

2. 兵役免除の政策

　台湾の国防省は、満20才の男性に兵役に就くように義務づけた方針を解除する意向を示した。確かに、時代の変化を考えると、台湾の国防省が徴兵政策から志願兵政策に切り換えたことには一理ある。しかし、台湾の男性にとって兵役は成人式としての意味も大きかった。また、同期で入隊したさまざまな階層の人と広く知りあい、社会の現実を体験する場でもあった。このように社会に出る前の男子を入隊させ、厳しい訓練を通して強い意志を養うという利点に視点を移してみれば、兵役に就いたことで社会に出たとき、社会競争力が倍増するということも言えるのではないか。兵役問題は、国防や経済面での問題ばかりではない。これを考えると、台湾の国防省が打ち出した「兵役免除」の政策には賛成しかねる。

3. 不在者投票の政策

　先月、海外出向者を含む不在者投票をより広く認める法案を出した○○党の議員たちが、最近よくテレビに出ては支持者に訴えている。確かに、日本では最近、選挙の投票率が下がり続けており、不在者かどうかにかか

わらず、全国民に政治への関心を持たせたいという点においてだけ言えば、議員たちの提案は納得できる。しかし、見方を変えて見れば、手段を選ぶことなしに、当選目的だけのために選挙出馬する立候補者たちに、悪用されないとも限らない。また、不在者の票を金で買ったりして売買する不正行為が増える可能性も否定できない。悪用される場合を考えると、不在投票が果たしてどれぐらい民主政治の発展に役立つかは疑問である。したがって、○○党の議員たちの主張には納得がいかない。

 **練習題**（四）

從下面的範例中找出，反對什麼？為什麼反對的理由？

反對的內容

放射線汚染の被害が広がり、生活の基盤を破壊された関係地域の市民や、地震危険地帯にある原発に近い住民たちの間からは、政府の発表に対する批判と反対意見が大きくなっている。今回の民主党の海江田大臣と岡田幹事長の通知には、大きな問題点がある。

所持反對的理由

まず、これだけ大きな被害を出した原発事故について、何らかの対策もしないまま目先の経済的利益と選挙対策の人気取りだけを優先して、原発再開を決定したことである。専門家は、関東地方および東海地方での大地震の危険性が現在非常に高まっていると警告している。もし次の大地震が起こると、茨城県の東海村原発と静岡県の浜岡原発でも、福島原発と同じ事故が起こる可能性が高まっている。これ以上、原発事故による放射線汚

染が広がる危険を放置して、はたして日本人は日本で生活できるのか。今の政治家はすでに正しい判断力を失っていると言えよう。

　もう一つは、民主党政権が、原発被害者をほとんど救済しないまま、大企業の利益だけを優先する政策を強行していることである。福島原発の被害者には、いままで100万円の一時金決定が出されただけで、4ヵ月経った今も汚染地域から退去させられた市民たちは仕事もできず、生活再建の方針も立てられない状態にある。また、放射性物質汚染のため出荷できなくなった農家や漁業関係者にも一切補償がされていない。まるで、「一般国民は大切な原発の電力のためには犠牲になって当り前だ」とでも言わんばかりの対応である。民主化された戦後の日本で、ここまで国民の権利が当然のように無視されているというのは、まさに危機的状況と言えよう。

 **練習題**（五）

對於「台湾は、海外からの外来文化より、伝統的文化をもっと大切にするべきである」（台灣不該只重視外來文化，應該更重視傳統本土文化）**的論調，請各自表示贊成意見與反對意見。**

表達贊成意見時的寫法

　現在、台湾では日本、アメリカ、韓国など海外から入ってくる文化が人気を集めている。たとえば、日本料理は、台湾では非常に人気があるメニューで、日本レストランや日本料理が流行っている。コンビニでのおむすびなども身近になっている。アメリカのファーストフードやNBAなどのプロスポーツは、高校生、大学生の人気を集めている。韓国のドラマに熱中する人が多くなり、歌手のコンサートにも多くの若者があふれている。このように、台湾の社会では海外文化の影響が強まっている。

しかし、台湾には台湾の伝統的文化がある。料理や飲食文化はもちろん、生活習慣、家族関係など、失ってはならない貴重な生活文化が、台湾の生活を支えている。台湾の人情も、やはり大切な台湾の文化であり、外来の賓客を温かく受容する習慣は、国際化時代だからこそ、より重要性を増していると言える。伝統文化を見直して現代に活かすことが、今後の台湾の発展には不可欠だと言えるのではなかろうか。

表達反對意見時的寫法

　文化にはさまざまな面があるので、ここでは、物質文化について考えてみよう。物質文化を代表するのは、いろいろな工業製品である。工業製品に関する限り、台湾の伝統を守れと主張するだけでは、国産品を守ることは難しい。

　なぜなら、台湾の製品には海外の製品に比べ、まだいろいろな点で不十分なところがあるからである。台湾の製品は、たしかに中国大陸の製品より品質はいいが、日本や欧米の製品に比べると、デザインや性能、安全性の点でまだ十分とは言えない。中国製品は低価格だけがセールスポイントだが、台湾製品は、価格は日本や欧米の製品より安くても、その分、デザインや機能もワンランク落ちてしまっているのが現状である。中国大陸と日本や欧米の中間にはさまれた台湾の製品が生き残る道は、いまのままでは厳しいと言える。

　そこで、台湾の製品が生き残るには、海外のよい点を学ぶことが、大切になるに違いない。デザイン、使い方、ライフスタイルへの提案など、質をさらに高める工夫を海外から学ぶことで、台湾の製品が生き残る道も開拓できるはずである。

第**12**課

練習題（一）

請套上基本版寫作模式，試著寫看看自己的「結論」。

（略）

練習題（二）

請套上進階版寫作模式，試著寫看看自己的「結論」。

（略）

第**13**課

練習題

對照「初期進度檢核表」、「中期進度檢核表」、「後期進度檢核表」三項檢核表，檢核自己是不是一一完成了呢？加把勁將未完成的項目，逐一達成吧！

（略）

參考文獻

1. 斉藤孝（1977初・1988）『増補学術論文の技法』日本エディタースクール出版部
2. 本多勝一（1982）『日本語の作文技術』朝日新聞社
3. 佐々木仁子・松本紀子（1990初・1993）『日本語能力試験対策日本語総まとめ問題集』アスク講談社
4. 木下是雄（1994初・1998）『レポートの組み立て方』筑摩書房
5. 佐藤政光・田中幸子・戸村佳代・池上摩希子（1995）『にほんご作文の方法』宇田出版社
6. 花井等・若松篤（1997）『論文の書き方マニュアル』有斐閣
7. 浜田麻里・平尾得子・由井紀久子（1997初・2003）『論文ワークブック』くろしお出版
8. 砂川由里子・駒田聡・下田見津子・鈴木睦・筒井佐代・蓮沼昭子・ベケシュアンドレイ・森本順子（1998）『日本語文型辞典』くろしお出版
9. 高橋順一・渡辺文夫・大渕憲一編著（1998初・1999）『人間科学研究法ハンドブック』ナカニシヤ
10. 二通信子・佐藤不二子（2000）『留学生のための理論的な文章の書き方』スリーエーネットワーク
11. 中村明（2002）『文章作法入門』筑摩書房
12. アカデミック・ジャパニーズ研究会編著（2004）『論文作成學日語』大新書局
13. アカデミック・ジャパニーズ研究会編著（2004）『論文讀解學日語』大新書局
14. 二通信子・大島弥生・佐藤勢紀子・因京子・山本冨美子（2009）『留学生と日本人学生のためのレポート・論文表現ハンドブック』東京大学出版会
15. 曾秋桂・落合由治（2010）『我的第一堂日文專題寫作課』瑞蘭國際有限公司

　　感謝梁齡元、何浩東、林子玲、劉于涵、黃靖雅等愛徒，提供碩士論文、畢業論文、作文當作範例。在此致上深深的謝意。

國家圖書館出版品預行編目資料

我的進階日文專題寫作課 / 曾秋桂、落合由治著
--初版--臺北市：瑞蘭國際,2011.09
304面；19 x 26公分 --（日語學習系列；10）
ISBN：978-986-6567-76-6
1.日語 2.論文寫作法

803.17   100015881

日語學習系列 10

日本語の達人になろう！

我的進階
日文專題
寫作課

作者｜曾秋桂、落合由治・責任編輯｜葉仲芸、こんどうともこ、王愿琦

版型、封面設計｜張芝瑜・內文排版｜帛格有限公司、張芝瑜
校對｜曾秋桂、落合由治、葉仲芸、こんどうともこ、王愿琦・印務｜王彥萍

董事長｜張暖彗・社長｜王愿琦・總編輯｜こんどうともこ・主編｜呂依臻
編輯｜葉仲芸・美術編輯｜張芝瑜、余佳憓
企畫部主任｜王彥萍・網路行銷、客服｜楊米琪

出版社｜瑞蘭國際有限公司・地址｜台北市大安區安和路一段104號7樓之1
電話｜(02)2700-4625・傳真｜(02)2700-4622・訂購專線｜(02)2700-4625
劃撥帳號｜19914152 瑞蘭國際有限公司

總經銷｜聯合發行股份有限公司・電話｜(02)2917-8022、2917-8042
傳真｜(02)2915-6275、2915-7212・印刷｜宗祐印刷有限公司
出版日期｜2011年09月初版1刷・定價｜350元・ISBN｜978-986-6567-76-6